D+

dear+ novel

Nanokananayo no koigokoro ・・・・・・・・・・

七日七夜の恋心

久我有加

新書館ディアプラス文庫

七日七夜の恋心

contents

illustration：北沢きょう

七日七夜の恋心

Nanokananayo
no
Koigokoro

石畳《いしだたみ》の細い道を挟んで建っているのは、木造の古い家屋《かおく》だ。瓦葺《かわらぶき》の低い屋根や格子窓《こうしまど》、そして軒先《のきさき》に吊り下げられた提灯《ちょうちん》が、艶《つや》っぽい空気を醸《かも》し出している。

否《いな》、この湿り気を帯《お》びた独特の空気は古い建物のせいだけではない。七月も後半に入ったというのにまだ梅雨《つゆ》が明けておらず、薄く曇《くも》った夕空のせいでもない。この街が今日まで連綿《れんめん》と紡《つむ》いできた年月が、ある種の重みを生んでいるのだ。

ほんまやったら、一生来ることはなかったやろな……。

ここは京都市の中心にある花街《かがい》である。京都府出身とはいえ、郊外で生まれ育った身としては全く縁のない場所だ。

今、最相守博《さいしょうもりひろ》はその馴染《なじ》みのない街にあるお茶屋『いとや』に向かっている。お茶屋とは、遊興《ゆうきょう》や飲食をするための座敷を貸す店のことだ。

向かい側から華やかな着物を纏《まと》った日本髪の女性が二人、連れ立って歩いてきた。先を行くのが芸妓《げいこ》、ついて行くのが舞妓《まいこ》だとわかったのは、帯の形が違ったからだ。舞妓の帯はだらりと長い。かろうじてそれくらいの知識はある、

「初蝉《はつぜみ》、ここや」

生成《きな》り色の着物を粋《いき》に着こなした六十すぎの小柄な男の背中にぶつかりそうになり、守博は慌てて立ち止まった。こぢんまりとした玄関口には、やはり湿り気がある。

「天井も梁《はり》も低いさかい、気ぃ付けや」

はい、と守博は神妙に返事をした。うんと頷き返してくれた男の名は萩家涼風《はぎやりょうふう》。上方《かみがた》だけでなく、全国でもその名を知らない者はいない落語家だ。彼は守博、もとい萩家初蝉の師匠である。

「ほな、行くで」

サッと歩き出した涼風に従い、守博は『いとや』へ入った。百八十センチある守博には、確かに出入り口の梁は低い。背を屈《かが》めて中へ入る。中の天井も低かった。照明が抑えられており、やんわりとした明るさだ。

木目の床は磨《みが》き抜かれて黒光りしている。正面には細かな百合がたくさんついたような繊細《せんさい》な花が活《い》けられていた。薄紫色の涼しげなそれは、夏を予感させる。

隅々にまで客に対する気遣いが感じられた。別世界、という言葉がぴったりだ。

「きょろきょろすな、みっともない」

「あ、はい。すんません」

涼風に注意され、守博は慌てて謝った。師匠のお供とはいえ、お茶屋で遊ぶのは初めてなのだ。緊張するなという方が無理である。

お座敷に行くさかいついて来いと師匠に言われたのは一昨日《おととい》のことだ。地方のひなびた温泉旅館での営業を終えたその足で寄席《よせ》に向かい、久しぶりに高座《こうざ》に上がったものの、少しもうけなかった。一生懸命やればやるほど、客席はしらっとした空気に包まれた。いつものことといえばそれまでだが、営業帰りで疲れていたせいもあり、かなり落ち込んだ。

三年の見習い期間を終え、一応は落語家として独り立ちして三年。あんな陰気な話しぶりでようプロになれたわ、と嘲笑されるだけでなく、あいつは近いうちに廃業やと客からも同業者からも後ろ指を指されていることは知っている。それでも落語が好きで、この道しかないと思い決めているから、懸命に稽古を重ねてがんばってきた。

けどもう、噺家《はなしか》としてやってくんは無理かもしれん……。

どんなに努力しても、こうも上達しないのではどうしようもない。

意気消沈《しょうちん》していたときに、師匠に声をかけられた。落語には花街や芸妓が出てくる「茶屋噺《ばなし》」——東京落語で言うところの「廓噺《くるわばなし》」だ——がたくさんある。不肖《ふしょう》の弟子に何かひとつでも上達のヒントをつかんでほしいという、師匠の親心だろう。

その心遣いに感謝すると同時に、情けなくて申し訳ない気持ちになった。自分の存在そのものが、上品な華があると評判の萩家涼風の名を汚しているように思えたのだ。

「ごめんください」

涼風が声をかけると、へえ、と女性の声で返事があった。奥から薄い水色の着物を身につけた、五十代とおぼしき女性が現れる。

「ああ、師匠、お越しやす」

膝をついた女性は、丁寧に頭を下げた。無駄がないのに優雅な仕種だ。

涼風はニッコリ笑った。

「こんばんは、女将《おかみ》」

「いつもご贔屓《ひいき》にありがとうございます。さ、どうぞあがっとくれやす」

「どうもありがとう」

涼風が草履《ぞうり》を脱いでいる間に、守博は女将に頭を下げた。女将も会釈《えしゃく》を返してくれる。

「こちらさんは初めてお目にかかりますな。お着物をお召しということは、お弟子さんどすか?」

「うん。萩家初蝉や。よろしい頼むわ」

よろしくお願いしますともう一度頭を下げる。こちらこそと女将はにこやかに応じた。

「初蝉さんどすか。風流なお名前どすなあ。今の季節にもぴったりやわ」

守博はぎこちなく微笑んだ。初蝉とは、その年に初めて鳴いた蝉を意味する。

初めて鳴くなんてとんでもない。同世代の噺家の中で一番人気がなく、実力もない。それが萩家初蝉だ。

師匠は期待してつけてくれはったんやろうけど、完全に名前負けや……。

鬱々《うつうつ》とそんなことを思いつつ、涼風に従って奥へ足を向ける。

こぢんまりとした玄関に比べて、中は案外広かった。玄関と同じく黒光りする廊下は、まるで鏡のようだ。

通された部屋は八畳ほどの和室だった。冷房が入っているらしくひんやりとしているが、冷えすぎてはいない。床《とこ》の間には書の掛け軸がかかっている。よくわからないが、きっと価値のある物なのだろう。

部屋の中央には既に膳《ぜん》が用意されていた。女将に促《うなが》された涼風が上座《かみざ》に座る。師匠が座布団に腰を落ち着けるのを待って、守博も下座《しもざ》にぎくしゃくと座った。

「今、お料理をお持ちしますさかい、お待ちください」

女将は会釈をして部屋を出て行った。思わずほっと息をついたものの、少しもくつろげない。逆に涼風はゆったりしていた。扇子《せんす》を取り出し、優雅にあおいでいる。

さすが師匠、慣れてはる。

涼風は京都の老舗《しにせ》の和菓子屋の次男で、若い頃から花街に出入りしていたらしい。涼風の茶屋噺が艶っぽく魅力的なのは、お茶屋文化に馴染んでいるからだろう。

失礼いたします、と声がして仲居が前菜を運んできた。季節感があふれる白い器《うつわ》には、色鮮《あざ》やかな三種の料理の他、朝顔の花が飾られている。

「涼しげな盛り付けやな。食欲が湧くわ」

涼風の言葉に、仲居が柔らかく微笑む。

「師匠が感心してはったて伝えときます」

仲居が去るのを待って、涼風は守博に声をかけた。

「さあ、食べよか。今日の仕出しは佐和山《さわやま》の料理や。昔から京都で商売してはるとこやさかい、味は間違いない」

そしたらいただきますと守博は手を合わせた。最初に箸《はし》を伸ばしたのは艶やかな枝豆だ。

「旨《うま》いか?」

はい、と頷いたものの、緊張しているせいか味はよくわからなかった。次に箸をつけた冷たい豆腐に梅のソースがかかった料理も、美味《おい》しいのか美味しくないのかわからない。

せっかくの師匠の心遣いやのに、俺はどこまでも期待に応《こた》えられん……。

「陽春亭弥助《ようしゅんていやすけ》でございます」

若い男の軽やかな声が聞こえてきたかと思うと、間を置かずにすうっと襖《ふすま》が開いた。そこに座っていたのは、細身の体に淡いグレーの着物を身につけた男だった。脇には三味線《しゃみせん》が置いてある。

年は二十代後半くらいか。切れ長の目と通った鼻筋が印象的な整った目鼻立ちだが、不思議と地味な印象である。髪形もごく普通のサラリーマンのような短髪だ。

てっきり芸妓か舞妓が来ると思っていたので、守博はぽかんとした。

「どうもこんばんは、お越しやす」

男——弥助はニッコリ笑って頭を下げた。が、顔は座敷に向けたままだ。

「おお、よう来てくれたな。入ってくれ」

涼風の手招きにへえと応じた弥助は、三味線を手に中へ入ってきた。

「初蝉、この男は太鼓持《たいこも》ちや」

涼風に言われて、え！　と守博は思わず声をあげた。

「東京には何人かいてはるて聞いてましたけど、関西にもいてはるんですか。だいぶ前にいてはらへんようになったと思《おも》てました」

「ああ。長いこと関西の太鼓持ちはこの弥助の師匠の弥太郎《やたろう》だけやったんやけど、つい最近引退しはってな。今は弥助一人や。関西最後の太鼓持ちやな」

師匠の説明に、へえ、と感心の声をあげる。

太鼓持ちは、幇間《ほうかん》、もしくは男芸者とも呼ばれる。

江戸時代、江戸には女性の数が少なかった。必然的に芸妓は一晩で大勢の客を相手にしなくてはならず、芸妓が来ない間のつなぎとして太鼓持ちが重宝されたという。

一方、上方では女性の数が不足したことはない。そのため、太鼓持ちの文化も江戸ほどには発展しなかったと聞いている。

ただ、滑稽《こっけい》でおもしろい話がうけるせいか、上方落語には幇間——太鼓持ちが出てくる有名な噺がいくつかある。『愛宕山《あたごやま》』、『たいこ腹』、『骨《こつ》つり』あたりがその代表と言えるだろう。

もっとも、『たいこ腹』は東京の噺家もよく高座に上げるし、『骨つり』も『野ざらし』と名を変えて演じられている。上方では現実の太鼓持ちより、落語の太鼓持ちの方が生き残った形だ。

最後の太鼓持ちか……。

我知らずじっと見つめると、ふと目が合った。失礼だったかと慌てて視線をそらす前に、柔らかく微笑みかけられる。

反射的に笑い返したものの、結局は目をそらしてしまった。なぜか頬が熱くなる。

うわ、なんやこれ。

お茶屋のお座敷という非日常の空間に酔ってしまったのかもしれない。

涼風の前に正座をした弥助は、懐《ふところ》から取り出した扇子を自分の膝の前に置いた。今度は顔を伏せてきちんと頭を下げる。

「今日は呼んでいただきましてありがとうございます。お姐《ねえ》さん方が来られるまで、むさ苦しい私だけになりますが、どうぞご勘弁を」

「いやいや、こっちこそ祇園《ぎおん》さんで忙しいとこ、無理言うてすまんな」

涼風が答えると、弥助は顔を上げてニッコリと笑った。

「私はお姐さん方ほど忙しいわけやあらへんさかい、いつでも呼んどくれやす。師匠のお座敷やったら喜んで来さしてもらいます。外は蒸し暑うおましたやろ」

「ああ。早《は》よう梅雨が明けてほしいわ。祇園さんの後祭《あとまつり》まで雨ではなあ」

「今年は還幸祭《かんこうさい》に行かはるんですか」

「いや、それが今年も高座が入ってて行けへんのや」

祇園さんとは祇園祭のことだ。テレビのニュースでよく報道される前祭《さきまつり》は既に終わったものの、還幸祭を含む後祭はまだ残っている。

それにしても弥助の言葉遣いは柔らかい。芸妓や舞妓が使う京言葉よりは現代的だが、それでも一般的な関西弁とは明らかに違う。

「そちらのお兄さんは、お座敷は初めてですか？」

ふいに話をふられて、へ、と守博は間の抜けた声をあげた。いつのまにか弥助がこちらを見ている。

端整な面立ちに浮かぶ人懐っこい笑みに促され、守博はぎくしゃくしながらもなんとか返事をした。

「あ、はいっ。初めてです」

「こいつはわしの弟子で萩家初蝉や」

「噺家さんですか。それでお若いのにお着物がお似合いなんですね。どうりで渋い声してはるわけや」

柔らかな口調で褒《ほ》めてくれた弥助に、ハハ、と涼風は笑った。

「こいつに世辞は言わんでええぞ。初蝉、弥助は元噺家や。栗梅亭真寿市《くりうめていますいち》の弟子やった」

え、と守博はまたしても声をあげた。栗梅亭真寿市は人気実力共にトップと言われる、六十手前の落語家だ。往年の二枚目俳優のような渋い容貌《ようぼう》で、若い女性にもファンが多いらしい。

独演会のチケットはあっという間に売り切れるそうだ。落語家志望者も押し寄せており、凄《すさ》まじい倍率をくぐり抜けなければ弟子入りできないと聞く。

思わず尊敬の眼差しを向けると、弥助は苦笑して小さく片手を振った。

「一年くらいしか高座に上がってませんでしたから、とても噺家やったとは言えません。それに今は廃業して、こうして太鼓持ちになってるわけですから。真寿市師匠にはご迷惑をおかけしました」

そうは言うものの、弥助の口調は滑《なめ》らかで淀《よど》みがない。言葉もはっきりしている。声も低くもなく高くもなく、耳に快《こころよ》かった。ずっと聞いていても飽きない声だ。

俺とは正反対や……。

守博の声は低く、わずかに濁《にご》っている。言葉も、感情を乗せれば乗せるほど聞き取りにくくなってしまう。それなりに整っているとはいえ強面《こわもて》なので、余計に陰気だと言われる。

「さ、師匠、どうぞ」

弥助は涼風の横に移動し、盃《さかずき》に酒を注《つ》いだ。その仕種も流れるように滑らかだ。我知らず目で追ってしまう。

「ああ、旨い。ほれ、おまえも飲め」

「へえ、ありがとうございます」

今度は涼風が弥助に酒を注ぐ。弥助はそれをスッと飲み干した。酒も強いらしい。涼風の仕種もさすがに粋《いき》だ。ドラマか映画を見ているような気分になる。

「初蝉さんも、どうぞ」

弥助にニッコリと笑いかけられ、守博は我に返った。

「え、あ、はい。どうもすんません」

守博は慌てて盃を差し出した。我ながらどうにも様にならないバタバタとした動作だ。反対に、優雅な仕種で透明な酒が注がれる。口に含んだそれは、すっきりとして旨かった。

「美味しいです」

「よかった。もう一杯どないですか」

「あ、はい、いただきます」

柔らかな物言いが心地好くて、再び盃を差し出す。ガラスの徳利《とっくり》を持つ弥助の手は骨っぽいが白く、指もすんなりと長かった。切りそろえられた爪が美しい。

きれいやな……。

見惚れている間に、注がれるまま盃《はい》を重ねてしまう。

「初蝉、あんまり飲みすぎるなよ。おまえ、そない強うないんやから」

涼風の言葉に、弥助は申し訳なさそうに眉を下げた。

「あれ、そうなんですか。すんません、ええ飲みっぷりやさかい、つい注いでしまいました。そしたらお料理を召し上がっとくれやす」

弥助が徳利を置いたそのとき、こんばんは、富貴子《ふきこ》です、と廊下で柔らかな声がした。スッと襖が開いて現れたのは、鮮やかな紫の着物を纏った美しい芸妓だった。その横には薄桃色の着物を身につけた愛らしい舞妓もいる。

「富貴子、よう来てくれた。鈴花《すずはな》も来てくれたんやな」

涼風が上機嫌で声をかけると、へえ、と舞妓が可愛らしい声で応じる。まだ少女の声だ。

二人が部屋に入ってくると、一気に場が華やいだ。甘い香りがほんのりと漂ってくる。

たじたじとなっている間に、弥助がさりげなく涼風と守博から離れる。かわりに、芸妓と舞妓が傍《そば》に座った。

ああ、そうか。お座敷では芸妓と舞妓がおもてなしのメインやから、自分は引かはったんや。落語の中に出てくる幇間は、大抵客にひっついておべっかを言ったり笑わせたりする。しかし本当の太鼓持ちは、賑《にぎ》やかに場を盛り上げるばかりではないのかもしれない。

「お兄さん、お師匠《ししょ》さんのお弟子さんなんどすねえ。もう高座に上がってはるんどすか?」

芸妓が酌《しゃく》をしながら話しかけてくる。舞妓は涼風に酌をしている。弥助は舞妓の少し後ろに控えていた。どうやらまだお座敷に慣れていない舞妓をフォローしているらしい。

弥助の動きを気にしつつも、はい、と芸妓に返事をする。

「一応、上がらしてもろてます」

「うち、落語好きなんどす。お師匠はんの高座もときどき見せてもろてます。お兄さんの落語も見てみたいわあ」

うちも、と舞妓が愛らしい声で賛同する。

「え、や、いや、お、私は……」

守博は口ごもった。冷や汗がじっとり背中を濡らす。涼風の落語と比べられたら、否、比べられなくても己の落語などひとたまりもない。

視界の端にいた弥助がなぜか前に身を乗り出したそのとき、初蝉、と涼風に呼ばれた。

「富貴子も鈴花も見てみたいて言うてんのや、やってみぃ」

「けど、師匠……」

「おまえ、こういう場所でやったことないやろ。何事も経験や。やってみなさい」

涼風にじっと見つめられる。噺家が話すのを怖がってどないするんや。そう言われた気がして、守博は観念した。やらずに済む方法はないようだ。

小さく息を吐いて、涼風たちの前に進み出る。破れかぶれの気分で四人に向かって頭を下げると、芸妓と舞妓が優雅に拍手をした。弥助もにこやかに拍手をしてくれる。

守博は意を決して話し始めた。

――あかん。ほんまにもうあかん。

楽屋の片隅で出番を待っていた守博は、何度目かわからないため息を落とした。

冷房がほどよくきいた寄席の楽屋では、数人の落語家が高座に上がる準備をしている。中堅から師匠クラスまで様々だ。守博が座っている場所は衣紋掛《えもんか》けの陰になっているせいか、陰気な顔をするなと怒る者はいない。

それをいいことに、守博はまたため息をついた。いっそこのまま壁と一体化してしまいたいと思う。そうすれば高座に上がらなくて済むのに。

「うわっ！　びっくりした、初蝉やないか」

びく、と全身を強張《こわば》らせたのは、セルフレームの眼鏡をかけた小柄な男だった。兄弟子《あにでし》の萩家涼水《りょうすい》だ。先輩の噺家たちに挨拶《あいさつ》をした後、守博がいると気付かずに端の方へやってきたらしい。

「おまえ、こんな隅で何やってんねん」

「出番を待っています……」

「や、まあそれはそうやろうけど。今日はいつもにも増して暗いな。何かあったか」

快活な口調で尋ねてきた涼水は確か三十一歳だ。が、愛嬌《あいきょう》のある童顔なので、へたをすると二十四歳の守博より若く見える。創作落語を得意としており、コントや漫才が好きな若い人たちにも支持されているようだ。

「昨夜、千両《せんりょう》みかんをやったんですけど、凄《すさ》まじい愛想笑いをされました……」

「凄まじい愛想笑い」

その言いまわしがおもしろかったらしい。くり返した涼水は楽しげに笑った。

笑いごとではない。昨夜、富貴子と鈴花の白い顔に浮かんだのは、今まで見たことがない全力の愛想笑いだった。

披露《ひろう》したのは『千両みかん』である。船場《せんば》の若旦那《わかだんな》が病にかかる。何か思いつめているらしいが、誰にも理由を言わない。気心の知れた番頭がどうにか聞き出したのは、みかんが食べたいという望みだった。番頭は若旦那にすぐみかんを手に入れると約束したものの、季節は初夏。みかんの季節ではない。番頭はみかんを探して東奔西走《とうほんせいそう》するのだが……。

もともとそれほど笑いが多い噺ではない。しかも大店《おおだな》の旦那、みかん問屋《どんや》の老主人、と貫録《かんろく》のある人物が登場するので、若い落語家にはあまり向かないと言われている。

笑いがたくさんある噺も撥剌《はつらつ》とした明るい噺も守博には向かないと判断して、涼風が稽古をつけてくれた。萩家一門では、三年の修業期間中は弟子入りした師匠だけに稽古をつけてもらい、やるネタも師匠が決める。『千両みかん』もそうした噺のうちのひとつだ。

とはいえ、高座ではほとんどうけたことがない。お座敷でもそれほどうけるとは思っていなかった。が、あんな愛想笑いをされるくらいなら、全然おもしろなかったわと正直に言われた方がましだった。

「おまえの千両みかん、僕は嫌いやないで」

「……ありがとうございます」

涼水は地味で陰気な守博にも気さくに声をかけてくれる優しい兄弟子だ。一方で、落語に関しては容赦なくダメ出しをされる。

その兄さんにまで愛想言われたらおしまいや……。

そう思ったのが顔に出たのか、涼水は強めに肩を叩いてきた。

「世辞とちゃうぞ。ダレ場が聞きやすいていうんが、おまえらしいっちゃおまえらしい。ぼそぼそーて話すんが味があってええ」

褒《ほ》められているのか貶《けな》されているのかよくわからない物言いに、はあ、と守博は力なく頷いた。ダレ場とは、物語の展開に必要だが笑いのない地味な部分のことだ。説明文のようなものなので、客に飽きさせずに話すのは難しいと言われている。

いくら説明が上手《うも》うても、肝心《かんじん》の笑いがとれんのではどうしようもない。

こんなはずではなかった。一生懸命稽古して努力すれば、売れっ子や名人にはなれなくても、一部の人には支持される噺家にはなれると思っていた。

徒歩で十分ほど離れた場所に住んでいた、今は亡き祖父が落語好きだった影響で、守博も落語が好きになった。祖父と共に公民館で行われる小さな落語会に足を運び、テレビやラジオでも落語を鑑賞した。噺家が一人で何役も演じ分け、情景描写までこなすのを見るのは楽しくて仕方がなかった。しかもコメディからＳＦ、ホラーまで、あらゆるジャンルの噺が無数にあるのだ。少しも飽きなかった。

体は大きいが運動が得意なわけではなく、だからといって勉強ができるわけでもない、おとなしい長男を心配していた両親は、守博を温かく見守ってくれた。スポーツ万能で快活な三つ年下の弟には放置されたが、文句は言われなかった。そうして家族に見守られて落語に熱中した守博が、自分でもやってみたいと思うようになるのに、それほど時間はかからなかった。

萩家涼風に弟子入りを志願したのは、その地味ながらも確かな存在感のある話しぶりに憧《あこが》れたからだ。高校に入学した後、何通も手紙を送った。大阪の寄席まで出かけて行って頭も下げた。三年間、週に一度は手紙を送り続けた結果、弟子入りを許されたのだ。萩家初蝉という高座名をつけてもらったときは、天にも昇る気持ちだった。

師匠は俺に才能があったから弟子にしてくれはったんやのうて、俺のしつこさに折れはっただけやったんやろな……。

「そういや昨日、師匠にお座敷に連れてってもろたんやろ。どうやった、楽しかったか？」

着物に着替えつつ話しかけてきた涼水に、いえ、と首を横に振った。

「千両みかんをやって、えらいことに……」

言いながら、涼水に帯を差し出す。ありがとう、と彼は律義に礼を言った。

「そうやったんか。すまんすまん。てことは、凄まじい愛想笑いをしたんは芸妓と舞妓か」

はは……、と守博は力なく笑った。それで全てを悟《さと》ったらしく、涼水が苦笑する。

昨夜、『千両みかん』を聞いた涼風の顔を思い出す。苦虫を噛み潰したような表情だった。まだ怒ってもらった方がましだった。

弥助さんは、ちょっと困った顔して笑《わろ》てはったな。

すっかりしらけて冷たくなったお座敷の空気を元に戻したのは弥助だ。千両は今でいうとどれくらいの価値なのかという話に持っていって、最終的には宝くじにはずれてばかりいるという自《みず》らの話をしてくれた。その後、気を取り直した芸妓と舞妓が、弥助の三味線に合わせて踊りを披露した。その後、「トラトラ」というお座敷遊びをした。

遊びの最中にふと弥助と目が合った。すんませんでしたと謝るかわりに小さく頭を下げると、彼は微笑んだ。気にせんといてくださいと言われた気がしてほっとした。

そのとき、芸妓と舞妓に落語を見たいとせがまれた後、弥助が口を開きかけたことを思い出した。あれは恐らく守博が嫌がっているのを悟《さと》って、止めようとしてくれたのだ。

太鼓持ちは、芸妓や舞妓と客の間に入る潤滑剤《じゅんかつざい》のような存在だと感じた。落語によく出てくる幇間――太鼓持ちは、だいたい間が抜けていたりお調子者だったりするが、それはあくまで落語の中での役まわりのようだ。

あんな人、初めて会《お》うた。

地味だが、柔らかくて優しくてきれいで温かい。

散々だったお座敷遊びだが、弥助に会えたことだけはよかったと思う。会えるものなら、また会いたい。

ぼんやりと弥助の控えめな笑顔を思い出していると、楽屋の暖簾《のれん》が翻《ひるがえ》った。お茶子《ちゃこ》と呼ばれる寄席の女性従業員が顔を出す。

「初蝉さん、出番です」

「あ、はい。すんません、今行きます」

守博は慌てて頷いた。壁に手をついてどうにか立ち上がると、涼水に背中を叩かれる。

「腐るなよ」

「はい、ありがとうございます……」

不覚にも目の奥が痛くなって、守博は深く頭を下げた。

涼水兄さん優しい。がんばろう。

寄席では誰がどの演目をやるか、最初から決まっているわけではない。前に出た噺家がどんな演目を上げたのか、客がどんな反応をしたのかによって、その場で自ら決める。

今日の昼席は俺が最初やから、何やってもええんやけど……。

最初だろうが最後だろうが、笑いをとらなくてはいけないのは間違いない。

『千両みかん』か『蛇含草《じゃがんそう》』か、『皿屋敷』か。『皿屋敷』は、お菊《きく》さんの色っぽさが圧倒的に足りないと師匠に注意されている。

夏の噺を思い浮かべつつ楽屋を出ると、前から歩いてきた男に、おはようございますと挨拶をされた。おはようございますと機械的に返した守博は、肩越しに男を振り返った。

キラキラとした空気を纏った彼の名は、栗梅亭真遊《しんゆう》。弥助がかつて師事《しじ》していた栗梅亭真寿市の息子で、弟子でもある。テレビやラジオでタレントとしても活躍している噺家だ。年は確か二十七歳。甘く整った容貌と爽《さわ》やかな雰囲気で、若い女性に圧倒的な人気がある一方、古典落語を現代風にアレンジした独自の噺で落語通の評価も高い。

萩家涼水、栗梅亭真遊、そして艶っぽい噺が得意な栗梅亭市《いち》よし、古典落語を得意とする山《やま》川小藤《かわこふじ》は、若手四天王《してんのう》と呼ばれる。

ため息を落とした守博は、再びとぼとぼと歩き出した。少し上の世代に綺羅《きら》、星のごとき彼らがいるせいで、目立つ噺家がいない守博たちの世代は「ハズレ」だと言われている。

まあ、他の噺家はともかく、俺は確かに「ハズレ」かもな……。

それでもやめられないのは、落語が好きだからだ。――と言いたいところだが、正直、最近は好きなのか嫌いなのかよくわからなくなっている。物心ついたときからずっと落語漬けで、他にやりたいこともやれることもないからやっている感じだ。

なぜかまた弥助の笑顔が脳裏《のうり》に浮かんだ。

――弥助さんに会いたいな。

あの柔らかな笑顔を見ることができたら、がんばれる気がする。

高座を終えた守博は、他の噺家の高座で太鼓を担当した後、一人暮らしをしているアパートへ帰って稽古することにした。お囃子の入るネタが多い上方では、ほとんどの噺家が弟子入りと同時に太鼓や笛を習う。もっとも、守博はどちらも得意ではない。

今日の高座はなんとかこなせた。披露したのは『蛇含草』である。守博が得意としている数少ない噺だ。

知り合いの家を訪ねた男。その家に汚い草が下げてあった。人間を丸呑みにした蛇が、その大きさに苦しんだときに舐《な》める草だという。舐めると腹の中の人間が溶けるらしいのだ。男はその草を分けてもらうのだが……。

『千両みかん』よりはうけたが、もともと笑いどころが少ない上に、上方落語には珍しいある種の怪談噺である。客席が盛り上がったとは言い難《がた》かった。

結局、俺にできるんは、地道にこつこつと努力することだけや。

夕方になっても少しも緩《ゆる》まない蒸し暑さの中、ふらふらと歩いていた守博はハンバーガー店の前で足を止めた。そういえば、明日まで使えるクーポンがあった。今日の夕飯はここで済ませることにする。

落語家の収入だけでなんとかやっていけているのは、仕事を選んでいないことの他、路地の裏にひっそりと佇《たたず》む築五十年の格安物件を見つけられたことが大きい。もちろん、実家から度々《たびたび》送られてくる食料品や日用品、そして弟の彰博《あきひろ》がたまに送ってくれるお下がりの衣服にも助けられている。大学生の弟とは、体型だけは似ているのだ。

せめて彰博に何か奢《おご》れるくらいにはならんと、申し訳なさすぎる……。

今はまだ若手だから寄席の出番もそこそこ与えられているが、これから先、中堅になっても人気が出なければ出番は削《けず》られる。なんとかがんばらなくては。

背中にずっしりと重い荷物を背負っている気分で店に入ると、たちまち涼しい空気が全身を包んだ。我知らずため息が漏れる。

店内は学生や会社帰りのサラリーマンで混み合っていた。レジに行列ができていたので、端の列の最後尾に並ぶ。すると間を置かず、後ろに誰かが並んだ。その人物の困惑したような気配が伝わってくる。

ああ、俺の背が高いせいでメニューが見えへんのか。

咄嗟《とっさ》に背を屈める。すると、すみません、と後ろにいた人物が申し訳なさそうに謝った。

何度も思い返していた柔らかな男の声に、物凄い勢いで振り返ってしまう。

相当驚いたらしく、後ろに並んでいた男は眼鏡の向こう側の目を丸くしてこちらを見上げてきた。

「弥助さん……？」

疑問形で呼んだのは、弥助の風貌がお座敷にいるときとあまりにも違っていたからだ。眼鏡をかけているだけではない。髪は整髪料を使っていないらしく、無造作に落ちている。服装も、Tシャツにデニムのパンツというラフな格好だ。

これはこれでかっこええ……。

何度か瞬《まばた》きをした弥助は、ああ、とひとつ頷いた。

「初蝉さんやないですか。着物着てはるときとはまた違《ちご》て、今風の男前やからわからんかった。こんばんは」

「あ、いえ、どうも、こんばんは」

慌てて頭を下げる。男前と言われたのは生まれて初めてで、どぎまぎしてしまう。

一方の弥助は困った風に首筋に手をやった。やや粗野《そや》な仕種《しぐさ》が色っぽく感じられて、ドキ、と心臓が跳ねる。

「やー、しもたな。この辺やったらさすがに知ってる人はいてへんと思たんやけど」

「え、あの、俺、何かまずかったですか」

もしかして声をかけてはいけなかったかと焦《あせ》った守博に、いやいやと弥助は首を横に振った。

「初蝉さんがまずいことしたわけやありません。僕が油断してたていうか、うっかりしてたていうか。それにしても、僕やてようわかりましたね」

「声が、弥助さんの声でしたから」

本当のことを言っただけだったが、弥助はまた目を丸くした。かと思うと、おもしろがる視線を向けてくる。

「なるほど、声ですか。それは盲点やった。初蝉さんは耳がええんですね」

「いえ、そんな。こ、この辺でお仕事ですか？」

「いや、今日は休みです。久しぶりにハンバーガーが食べたなって。あ、前進みましたよ」

手でレジの方を示され、慌てて前へつめる。並んでいるのはあと二人だ。まだ話せる。

守博は今更ながら心臓がバクバクと音をたて始めるのを感じた。顔も熱くなってくる。

こんなとこで会えるなんて、凄い偶然や。

弥助の笑顔が見たいと思っていたから、本当に嬉しい。

話したい気持ちをどうしても抑え切れず、守博は再び弥助を振り返った。改めて見ると、彼は守博より五センチほど背が低い。もっと小柄だと思っていた。お座敷では目立たないようにしていたせいかもしれない。

じっと見下ろすだけの守博を不審に思ったのだろう、弥助は、ん？　という風に首を傾《かし》げる。その愛嬌のある仕種で我に返った守博は慌てた。話したいのはやまやまだが、何を話していいかわからない。

「あっ、あ、あの、この近くに住んではるんですか？」

「いえ。ただ京都市内のファストフード店でお客さんに会うんはまずいから、ちょっと遠いけど大阪まで出ることにしてるんです。スーパーとか近場で済ますしかないときは、しゃあないしハットかぶったりします」

「え、こういう店でお客さんに会《お》うたらあかんのですか」

太鼓持ちも人間だ。ハンバーガーくらい食べるだろうし、スーパーで買い物もするだろう。

しかし弥助は柔らかく首を傾げた。

「あかんことはないけど、ファストフード店で私に会《お》うたら興《きょう》ざめですやろ。次にお座敷で会《お》うたとき、せっかく非日常を楽しむために来はったのに、ハンバーガーの味を思い出さしてしまうんもちょっと」

「ああ、なるほど」

守博は感心した。お座敷を離れても客に気を遣うのだ。

凄い。プロや。

ただ優しくて気配りができるだけの人ではない。

「これでも一応変装してるつもりなんやけど。見抜いたん、初蝉さんが初めてです」

「え、そうなんですか」

弥助はいと頷いて笑った。やはりお座敷にいるときよりざっくばらんな感じだ。それが不思議と胸を高鳴らせる。

「あ、前進みましたよ」

弥助に促され、はい、と応じて前に進む。あと一人で順番がきてしまう。

振り返って話をしたかったが、今の弥助はプライベートなのだ。一度しか会ったことがない、しかも客ですらない噺家に――実質的な客は涼風だけだ――、しつこくされても不愉快だろう。嫌われるのは嫌や。けど話したい。

迷っている間に、なあ、と弥助に話しかける男の声が聞こえてきた。一人だと思っていたが、連れがいたようだ。

「シェイクも頼んでくれ。チョコ味」

「そんないっぱい頼んで全部食べられるんか?」

「食べる食べる。ハンバーガー屋て滅多《めった》に来《こ》んし、満喫《まんきつ》せんと」

「まあええけど……。買《こ》うた分は責任持って自分で食べてや」

随分と砕《くだ》けた物言いだ。友達だろうか。

肩越しに振り返ると、スラリとした体格の男の姿が見えた。年は弥助より少し上くらいか。着崩した白いシャツと細身のパンツがよく似合っている。少なくともサラリーマンには見えない。

守博の視線を感じたのか、ふいに男がこちらを向いた。

うわ、まずい。

慌てて顔をそらす前に、男はにやりと笑う。整った真っ白い歯が目に突き刺さった。ばかにされた気がして、顔をしかめつつ前を向く。

「ちょっと。何してんの」

男を咎《とが》める弥助の声が聞こえてきた。

男はしれっと応じる。

「何て、前の男がこっち見てたから愛想《あいそ》しただけやけど？」

「嘘つけ。すんません」

背後から顔を覗かせてきた弥助に、いえいえいえ、と慌てて手を横に振ったちょうどそのとき、レジの順番がまわってきてしまった。お待たせしました！　と若い女性店員に声をかけられ、仕方なく再び前を向く。

メニューに視線を落としながらも、守博は後ろのやりとりに耳をすませた。

「なんでそんな気ぃ遣うねん。この男、客か？」

「大事なお客さんのお弟子さんや。それにお客さんやのうても、失礼な態度とるんはあかんやろ。そういうのを無粋《ぶすい》ていうんやで」

嗜《たしな》める口調から一転、冷めた口調になった弥助に、男は慌てたようだ。

「ちょっと笑《わろ》ただけやないか。そんな怒んなや」

「怒ってへん。あきれてるだけや」

「わかった、俺が悪かった。なあ、機嫌直してくれ」

男はわかりやすく弥助の機嫌を取り始めた。しかし弥助は冷たいままだ。

弥助さんとどういう関係か知らんけど、ざまみろ。

――ていうか、ほんまにどういう関係なんやろ……。

友達とは違う気がする。数少ない守博の友人たちは、こんな風にべたべたした話し方はしない。

だからといって客でもなさそうだ。もし客なら、たとえプライベートでも弥助が素っ気ない態度をとることはない気がする。

冷とうされるんは嫌やけど、素っぽい感じの態度はちょっと羨《うらや》ましい……。

「お客様、ご注文お決まりですか？」

店員に声をかけられ、えっ、あ、はい、と慌てて返事をする。注文を伝えながらも、背後のやりとりが気になって仕方がなかった。


四日後、守博《もりひろ》は京都で行われる涼風《りょうふう》の独演会の前座として出演することになった。本当は一門の別の噺家《はなしか》が出演する予定だったが、季節はずれの風邪にかかって声が出なくなり、もともと太鼓を担当する予定だった守博が、急遽《きゅうきょ》指名されたのだ。

上方落語《かみがた》は東京落語とは違って、前座《ぜんざ》、二ツ目、真打《しんうち》という明確な格付けはない。おもしろいか、おもしろくないか。それだけが噺家の価値を決める。ある意味完全な実力主義だ。

「今日の蛇含草《じゃがんそう》は、まあまあやったな。あの噺はおまえに合《お》うてる。大事にしなさい」

「ありがとうございます……」

師匠の言葉に、守博は全身の力がどっと抜けるのを感じた。今日も『蛇含草』を高座《こうざ》に上げた。物凄《ものすご》くうけたわけではないが、うけていないくはない、という程度に笑いが起きた。

なんとか首の皮一枚でつながった……。

弥助《やすけ》のことが気になって仕方がなくて、この四日、彼のことばかり考えていたわりには集中できたと思う。――そう、ずっと弥助と連れの男の関係について考え続けていたのだ。

弥助と男はハンバーガーを持ち帰ったため、イートインスペースで一緒になることはなかった。だから二人がどんな関係なのかもわからないままだ。

どんな関係でも、俺には関係ないんやけど。

関係ないのに、なぜか気になる。こんなことは初めてだ。

俺はやっぱり、かなりしつこい。

高座を終えたばかりの涼風の額《ひたい》には、まだ汗が浮かんでいた。脇に控えていた通いの弟子の萩家《はぎや》いわしがすかさず水が入った紙コップを差し出す。ありがとうと受け取った涼風は一気に飲み干した。いわしは空《から》になったコップをサッと受け取る。先ほどから守博は眼中にない。

うん、まあ、弟弟子《おとうとでし》のこういう態度は慣れてる。

弟弟子や後輩全員にではないが、軽《かろ》んじられていることは知っている。守博の落語のまずさを彼らもわかっているのだ。近いうちに廃業する兄弟子《あにでし》になど構っていられないのだろう。

再び守博に視線を移した涼風は、落ち着いた口調で尋ねた。

「ただ、蛇含草は夏の噺や。今はええけど、じきにできんようになる。次にやってみたい噺はないんか？」

「あ……、そしたら、愛宕山《あたごやま》とか……」

幇間《ほうかん》が出てくる有名な演目がぽろっと出てきたのは、弥助のことが頭にあったからだ。

大阪ミナミでしくじった二人の幇間。今はツテを頼って京都祇園《ぎおん》で働いている。京都の旦那《だんな》が野駆《のが》け――今で言うピクニックのことだ――に行こうと発案し、芸妓《げいこ》や舞妓《まいこ》らと共に愛宕山へ向かうことになった。幇間たちは旦那にからかわれつつ山を登るのだが……。

「愛宕山か？」

確認するようにくり返した師匠に、守博はハッとした。師匠だけでなく、いわしもまじまじとこちらを見ている。

『愛宕山』はハメモノと呼ばれるお囃子《はやし》が入る、賑《にぎ》やかな落語だ。涼風がやると、華やかながらも品のある噺になる。弟子入りする前から憧れていた演目だが、守博の個性とは正反対と言える。しかも三味線《しゃみせん》を演奏してくれるお姐《ねえ》さんや、太鼓と笛を担当してくれる落語家と呼吸を合わせなくてはいけないし、自身も陽気に唄を歌わなくてはいけない。

「あ、あの、師匠」

やっぱり違う喃を、と守博が言う前に、涼風は大きく頷いた。

「おまえがやりたいんやったら、早速《さっそく》稽古つけたる。唄の師匠も紹介したるよって」

「や、いえ、あの、はあ……」

今更断れなくてしどろもどろになったそのとき、コンコンとドアがノックされた。はい、と涼風が返事をすると、勢いよくドアが開く。

お邪魔いたします、と入ってきたのは着物を身につけた二人の女性だった。年は五十代の半《なか》ば。一人は実業家の妻で、もう一人は茶道の師範だ。二人ともよく涼風の独演会にやって来るので覚えてしまった。

「師匠、今日も素敵でした」

「上品でおもしろかったわあ」

涼風は笑みを浮かべ、おおきにありがとうございますと丁寧に応じる。二人のご婦人は嬉しそうに頬を染めた。守博といわしの姿は目に入っていないようだ。

茶道の師範は、たぶん涼風師匠を狙《ねろ》てはる。

涼風は十五年前に妻を病で亡くした後、独り身を貫《つらぬ》いている。そんなわけで、あわよくば自分が後妻《ごさい》に、と考えている女性は多いらしい。

しかし、涼風には付き合っている人がいるようだ。涼水《りょうすい》に聞いた話では、いずれその人と結婚するつもりでいるという。とりあえず師匠の恋人は、目の前にいる二人ではなさそうだ。

いわしがそわそわし始めるのがわかった。この後、涼風には大阪でラジオの仕事が入っている。あまり長居はできない。

「あの、すんません、師匠。ぼちぼち出ませんと」

いわしが口を挟むのを躊躇《ためら》っていたので、守博は遠慮がちに声をかけた。そこで初めて二人の女性は守博がいたことに気付いたようにこちらを見る。ぬうっと立っている長身強面《こわもて》の男に驚いたらしく、全身を強張《こわば》らせた。

「ん、ああ、そうか。すんませんな、今日はわざわざのお運び、ありがとうございました」

申し訳なさそうに頭を下げる涼風に、いえ、そんな、と言いながらも、女性二人はじろりと守博をにらんだ。邪魔しなや、このヘボ噺家、とでも思っているのかもしれない。

コンコンコン、とドアがノックされた。これ幸いと、はいと応じたのはいわしだ。

失礼します、という柔らかい男の声が聞こえた。顔を覗かせたのは、なんと弥助だった。

ドキ、と心臓が滑稽《こっけい》なほど跳ねる。

弥助は今日も眼鏡をかけていた。半袖《はんそで》のシャツにスラックス、革靴という、着物とはまた違ったきちんとした格好だ。

「師匠、こんにちは。お疲れさんです」

頭を下げた弥助を仕事の関係者だと思ったらしい、二人のご婦人は高級洋菓子店の紙袋を涼風に手渡した。

「今度大阪の寄席《よせ》に行かせてもらいますよって」

「また連絡さしてもらいます」

名残《なご》り惜《お》し気《げ》にしながらも楽屋を出て行く。脇へ退《ど》いた弥助は、気を付けてお帰りくださいと笑顔で声をかけた。それだけで、女性二人は機嫌を直したようだ。

彼女らの足音が遠ざかるのを待って、涼風は弥助に声をかけた。

「見に来てくれてたんか」

弥助はニッコリ笑う。

「はい、見せてもらいました。今日もおもしろかったです。師匠のはてなの茶碗《ちゃわん》、何回拝見しても飽きません」

「そうか、ありがとう」

高座を見に来てくれたことに対してなのか、女性たちを追い払ってくれたことに対してなのかわからないが、涼風は礼を言った。弥助は嬉しそうに微笑《ほほえ》む。

弥助さん、俺の落語も見はったんやろか。どう思わはったやろう。

ていうか、こういうきちんとした服もよう似合わはるな。

どこにでもいる会社員のような格好だが、やはり垢抜《あかぬ》けている。整った容貌の者でも、ここまで洗練された雰囲気を持つ人はなかなかいない。滑《なめ》らかな仕種のせいだろうか。

ぼうっと見惚《みと》れていると、いわしが気を取り直したように涼風に声をかけた。

「あの、師匠、お着替えを……」

「ああ、わかった。忙しいてすまんな、弥助」

「いえ。ひとことご挨拶だけさしてもらおうと思ただけですから。これ、朝ご飯にでも召し上がってください」

弥助が差し出した紙袋を、いつもありがとうと嬉しそうに礼を言って涼風が受け取ったそのとき、再びドアがノックされた。はい、とまた涼風が応じる。お邪魔いたします、という挨拶と共にゆっくりとドアが開いた。

入ってきたのは、やはり着物姿の女性だった。年は五十くらい。特別美人というわけではないが、すんなりと伸びた首筋が印象的な人だ。彼女にも見覚えがある。何度か涼風に連れて行ってもらったことがある、京都の小料理屋『志津《しづ》』の女将《おかみ》だ。

「あ、お客さんどしたか。お邪魔してすんまへん」

すぐ出て行こうとした彼女に、志津子さん、と涼水が声をかけた。

「ロビーで待っといてもらえるか」

「へえ、承知しました」

おっとり返事をした彼女は、涼風だけでなく守博と弥助、いわしにも頭を下げて楽屋を出て行った。元芸妓だと聞いたが、納得の優雅な仕種だ。

師匠、女将と会う約束してはったんやろか。

先ほどの二人の女性との対応の違いを不思議に思って涼風を見遣る。高座着を脱いでいる最中の師匠はいつも通りだ。

首を傾《かし》げたそのとき、弥助が口を開いた。

「そしたら僕は、これで失礼します」

「ああ、わざわざありがとうな、弥助」

「いえ。またお座敷に遊びに来てください。お待ちしてます」

笑顔で応じて楽屋を出て行く弥助の背中に、あの！　と声をかけたのは無意識だった。弥助が驚いたように振り返る。

守博は自分自身の行動に驚いて瞬《まばた》きをした。せっかくまた会えたのに、このまま別れたくない。そんな焦《あせ》りが身の内に渦巻いていることを自覚する。

「あ、あの、あの……、もし、時間があったら、ですけど、お、お茶でも……！」

必死で言うと、今度は弥助が瞬きをした。涼風は驚いたように眉を上げ、いわしは珍獣を見る目を向けてくる。

カッと顔が熱くなった。高座着から着替えたシャツの背中が、噴き出した冷や汗で濡れる。

アホか俺、ナンパか。

ナンパなど、生まれてこの方一度もしたことがない。女性と付き合った経験もないのだ。恥ずかしい。きっと断られる。

「弥助」

口を開いたのは涼風だった。

「おまえも忙しいやろけど、ちょっとだけ初蝉《はつぜみ》に付き合《お》うてやってくれんか？　頼むわ」

守博は思わず涼風を見た。涼風は小さく頷いてくれる。

あ、そうか。さっき俺が愛宕山をやりたいて言うたから、弥助さんに話を聞かせてもらえるようにしてくれてはるんや。

弥助はニッコリ笑った。

「わかりました。私でよかったら、お話さしてもらいます」

「よ、よろしくお願します！」

守博は九十度以上深く頭を下げた。

ありがとうございます、師匠……！

守博は弥助と共に、市民ホールの近くにある昔ながらの喫茶店に入った。

午後三時の店内は、外の蒸し暑さから逃れてきた客で賑わっていた。年配の人が多く、落ち着いた雰囲気が漂っている。

守博も弥助もアイスコーヒーを注文した。本当はコーヒーは苦手だが、ジュースを注文するのは子供っぽい気がして恥ずかしかったのだ。

「お時間を作ってくださってありがとうございます」

正面に腰かけた弥助に頭を下げると、彼は穏やかに微笑んだ。

「私の話が参考になるかどうかはわかりませんけど、何でも聞いてください」

「あ、はい。ありがとうございます」

守博は再び頭を下げた。緊張しつつそろりと顔を上げる。

弥助の両手はテーブルの上で組まれていた。特に何をしているわけでもない。

けどやっぱりめちゃめちゃ艶《つや》っぽい……。

指先の動きひとつ、闇色の瞳の動きひとつ、高くも低くもない心地好い声を紡《つむ》ぎ出す唇の動きひとつ、どれをとっても艶めかしく見える。

「初蝉さんは、優しいんですね」

正面からまっすぐ見つめられ、彼に見惚れていたことに気付いた守博は、ほ、と妙な声をあげてしまった。弥助はクス、と笑う。

「え、や、全然、優しいことは……」

「優しいでしょう。さっき楽屋で弟弟子さんが困ってはったんを助けはった」

仕事の時間が迫っていると涼風に知らせたのを聞いていたようだ。

「いえ、助けたてほどでは……。俺……、僕はこういう見かけやから、ある意味言いやすいと言いますか……」

「そういうとこが優しいんですよ。お顔にもそれが出てます」

弥助に褒《ほ》められて嬉しくないわけがない。守博は真っ赤になった。

「いえいえ、そんな。初対面の幼稚園児にはだいたい怯《おび》えられますし」

「幼稚園にも行ってはるんですか」

「ええ、まあ……。小学校とか地域の敬老会とか、地元のお祭りとか、いろいろ行かしてもうてます。僕は、寄席でそんなに出番がもらえるわけやありませんから……」

うつむいてぼそぼそと答えたそのとき、ちょうどアイスコーヒーが運ばれてきた。急に喉の渇きを覚えてストローを袋から取り出し、早速コーヒーに突き刺す。勢いよく飲んだそれは思いの外苦《ほかにが》くて、ゴホゴホと咳《せ》き込《こ》んでしまった。

「大丈夫ですか?」

心配そうに声をかけられ、何度も頷く。弥助には笑いのとれない『千両《せんりょう》みかん』をはじめ、みっともないところばかり見られている。なんとか立て直さなくては。

「だい、大丈夫です……。あの、弥助さんは、なんで、噺家から太鼓持《たいこも》ちになろうと思わはったんですか」

守博の問いに、弥助は小さく頷いた。喉を潤すためだろう、コーヒーを一口飲む。

「ちょっと僕には苦いなあ」

つぶやいた弥助は、添えられていたガムシロップを入れた。じゃあ僕も、と守博も慌てて自分のコーヒーにシロップを入れる。改めて飲んだコーヒーは少し甘くなっていてほっと息をつく。それを待っていたかのように弥助は話し始めた。

「僕は落研《おちけん》に入ってた叔父の影響で落語を好きになって、大学で自分も落研に入ったんです。その落研のOBに栗梅亭《くりうめてい》の噺家さんがいてはって。それが縁で真寿市《ますいち》師匠に弟子入りできたんですけど、どうにも中途半端で」

「中途半端、ですか」

はい、と頷いた弥助を、守博はまじまじと見つめた。目の前にいる男のどこにも、中途半端な要素などない。ただ座っているだけでもしっとりした柔らかな存在感があるのだ。

しかし弥助は苦笑いした。

「僕は子供の頃から、わりと何でも器用にこなせたんです。けど、どれも突き抜けることはできませんでした。落語もそうです。悪うないけど良うもない。プロとしてはどうにも中途半端で。弟子入りして三年くらい経《た》った頃でしょうか。それを察した真寿市師匠が、何かヒントになることがあるかもしれんてお座敷に連れてきてくれはったんです」

ああ、そこは俺と一緒や。

少しだけ親近感を覚える。

「そのとき、当時はまだお座敷に出てはった弥太郎《やたろう》師匠に初めてお会いしたんです。太鼓持ちの仕事を目《ま》の当たりにして、衝撃を受けました。大勢のお客さんを相手にする噺家とは明らかに違う。男芸者て呼ばれることもあるのに、お座敷の花になる芸妓さんやら舞妓さんとも違う。あくまでも脇役なんです。大事にせなあかんのは、芸やのうて間《ま》なんですよ。そやから太鼓持ちの芸は、中途半端でちょうどええんです」

守博は瞬きをした。

芸やのうて、間か……。

感心している間にも、弥助は滑らかな口調で続ける。

「自分が主役になるより、僕にはこっちのが向いてるて思いました。そんで真寿市師匠に、落語家を廃業して太鼓持ちになりたいですて頭下げたんです」

「え、そんなストレートに言わはったんですか」

「はい。他に言い様がなかったていうのもありますし、遠まわしに言うより、師匠に本気やて伝わるて思いましたから」

——凄い。そこまで覚悟しはったんや。

ごくりと息を呑むと、弥助はニッコリ笑った。

「その日は何も言われんと終わりました。一週間後に呼び出されて、本気かて聞かれました。本気ですて答えると、そんときもそれだけで終わりました。また一週間後に呼び出されて、もういっぺん本気かて聞かれたんです。本気ですてまた答えたら、弥太郎師匠がいてはる置屋《おきや》に連れてってくれはりました」

置屋とは、芸妓や舞妓を抱えている家で、彼女らがお茶屋に呼ばれるまで待機する場所だ。

「そこで真寿市師匠が、弥太郎師匠に弟子にしてやってくれて頭を下げてくれはったんです。二週間の間に、弥太郎師匠に僕の話をしてくれてはったんですね。廃業するて言うてるのにそこまでしてくれはって、ほんまにありがたいことでした。真寿市師匠には足を向けて寝られません」

へえ、と守博は感心した声をあげた。栗梅亭真寿市には寄席の楽屋で挨拶をしたことがある。気取ったところのないざっくばらんな人で、守博にも気さくに声をかけてくれた。

「そんで、弥太郎師匠に弟子入りしはったんですね」

「そうなんですけど、すぐには無理でした。弥太郎師匠は、東京やったらまだしも、京都では太鼓持ちは滅びる職業や、先がないのに弟子はとれんてきっぱり断らはったんです」

ああ、と守博はまた声をあげた。弥助の師匠である弥太郎は、今は現役を引退していると聞いた。弥助は実質、関西の花街《かがい》でただ一人の太鼓持ちなのだ。そこまで太鼓持ちの数が減ったのは、結局は需要がなかったからだろう。

「そんでも、太鼓持ちになりたい気持ちは揺るがんかった。何回断られても弟子入りをお願いしました。半年くらいしてようやっと、弥太郎師匠が折れてくれはったんです」

はあ、と頷いた守博は、弥助の決断力に心底感心した。

俺やったら、言い出せんとずるずる噺家でいる気がする……。

もっとも、落語以外にしたいこともできることもないので、そんな状態にはなりようがないのだが。

俺には落語しかないから、落語をがんばらんと。

守博の決意が見えたように、弥助は微笑んだ。

「弥太郎師匠に聞いた話ですけど、昔は太鼓持ちになろう思《おも》てなった人は少なかったそうです。道楽《どうらく》が高《こう》じてなる人が多かったから、三味線でも唄でも踊りでも、師匠に弟子入りしてきちんと修行した人はあんまりいてへんかったらしいです。中には賑やかなんが好きなだけの太鼓持ちもいてたんとちゃうかな」

『愛宕山』に出てくる太鼓持ち二人は大阪ミナミで「しくじって」、京都祇園に流れてきた。太鼓持ちは太鼓持ちでも、芸だけではなく間も一流ではなかったのではないか。だから「しくじった」。

しかし賑やかな酒の席は好きだった。大阪を懐かしがり、京都の人の悪口を言いながらも、その京都で太鼓持ちを続けているのは、お座敷から離れられなかったからだ。お調子者で小心者。もちろん図々しいところや欲深いところもある。一方で、どこか物悲しさもある人物が脳裏《のうり》に浮かんだ。

二人とも、俺とはかけ離れた人やと思てたけど、そうでもないかも。

一流の噺家にはなれないとわかっていながら、落語が好きだという気持ちひとつでプロの世界に飛び込んだ。そんな矛盾を抱えているところは似ている。

唄はさわりを教えてもらう程度でいい。客が下手クソやなあ、とあきれるくらいでいいのだ。玄人《くろうと》同然に歌うのは太鼓持ちの「リアル」ではない。

ゼロだった『愛宕山』に対するイメージが次々に浮かんできて、守博は勢いよくコーヒーを飲み干した。

俺にも、どうにかできそうや。

「弥助さん、ありがとうございます」

頭を下げると、弥助は小さく首を傾《かし》げた。

「僕は自分のことと、弥太郎師匠に教わったことを話しただけです」

「いえ、めちゃめちゃ参考になりました。おかげでちょっとはまともに愛宕山ができそうです。師匠に稽古つけてもらえるように、改めてお願いしてみます」

興奮のままに言うと、弥助はなぜか驚いたように瞬きをした。が、すぐに柔らかく微笑む。

「役に立てたんやったらよかった」

ふいに胸の奥が熱くなって、守博は思わずシャツの胸の辺りをつかんだ。

弥助ともっと話していたいと思う。落語のヒントをもらえるから、という理由だけではない。彼と話しているとドキドキして落ち着かない一方で、力が湧いてくる。

あの、と守博は思い切って口を開いた。

「また、お話を聞かせてもろてもええでしょうか」

何をどう言えばいいかわからず、とりあえずそんな風に問うと、弥助はニッコリ笑った。

「かまいませんよ。涼風師匠に言うてくれはったら、師匠が置屋に連絡を入れてくれはると思います。そしたら時間とりますさかい」

「や、あの、そうやのうて……、こ、個人的に……、会《お》うてもらいたいと、思いまして……。で、できたら、ラインの交換を……」

しどろもどろになってしまって、守博は焦った。

何やこれ、ほんまにヘタなナンパみたいやないか。みっともない。

顔と頭に血が上るのを感じていると、ごめんなさい、と弥助が申し訳なさそうに謝った。

「私、スマホを持ってへんのです」

予想外の言葉に、へ、と間の抜けた声が出る。

弥助は眉を八の字に寄せた。少し情けないような表情すらも色っぽい。

「いつでもどこでも簡単に連絡がつくと、お座敷の特別感がなくなりますやろ。せやから携帯電話は持ってへんのです。舞妓さんと同じですな」

「そ、そうなんですか……」

すんません、と弥助はもう一度謝った。

「あ、いえっ、こっちこそ急に変なこと言うてすんませんでした」

ぺこぺこと頭を下げる。

スマホ持ってはらへんのやったら、しゃあない。

そう思ったものの、残念で仕方がなかった。

涼風には、それほど頻繁《ひんぱん》に弥助と連絡をとってくれとは頼めない。あまり弥助を煩《わずら》わせるなと叱られるのは目に見えているし、師匠に何度も頼む勇気もない。

きっと、弥助には当分会えない。


日が暮れた通りを歩きながら、守博はため息を落とした。太陽が隠れても、肌に纏わりついてくる蒸し暑さは一向に解消されない。それでも行きかう人が多いのは、祇園祭目当ての観光客が押し寄せているせいだろう。

ここは弥助が働く花街に近い。お座敷帰りらしき芸妓や舞妓の姿もちらほら見られる。夜闇に時折爆《は》ぜる光は、彼女らを撮影するカメラのフラッシュだ。

遠まわしに個人的な付き合いを断られたのだと気付いたのは、喫茶店の前で弥助と別れてアパートに戻った後だ。スマホを持っていないという話が嘘だとは思わなかった。そんな嘘は涼風に確認すればすぐにばれる。単純に守博と親しくなるのが嫌だったのだろう。もし親しくなりたければ、固定電話の番号を教えることもできたはずだ。

当たり前か。弥助さんにとったら、俺は将来性の全くない噺家やもんな……。

お座敷で披露《ひろう》した『千両みかん』を見れば、三流の噺家だとすぐにわかっただろう。また、守博個人も地味で暗くて面白みのない男だ。仲良くなりたくなる要素は全くない。

個人的に付き合いたいなんて言うんやなかった。余計に連絡をとりづろうなってしもた。

それでも京都まで来たのは、ちらとでも弥助の姿が見られればと思ったからだ。

俺、ストーカー気質やったんやな……。

守博は昨日のうちに涼風を訪ね、『愛宕山』の稽古をつけてくださいと改めて頼んだ。涼風はわかったとすぐ頷いてくれた。明日から早速、稽古をつけてもらう予定だ。久々に稽古が楽しみだと思えた。自分は落語が好きでたまらなくて噺家になったのだと実感できた。

弥助さんのおかげや。それだけでもよかったて思わんと。

ため息を落とした守博は、うつむけていた顔を上げた。気が付けば、花街からどんどん遠ざかっている。こんなところを歩いていても弥助に会えるはずがない。いい加減帰ろう。

帰路につくべく踵《きびす》を返したそのとき、こちらへ歩いてくる着物姿の男が目についた。ドキ、と心臓が口から飛び出しそうなほど跳ね上がる。

弥助さんや！

弥助は一人だった。連れはいない。なんとなくほっとしたのは、ファストフード店で弥助と一緒にいた男が嫌な感じだったからだ。

さすがに連絡先を教えてくれともう一度頼む勇気はない。が、挨拶くらいはしてもいいのではないだろうか。

けど、なんでここにいるんやて聞かれたら、どう答えたらええんや。

おろおろしている間に、弥助は近付いてきた。先ほど跳ねた心臓が、バクバクと激しい音をたてているのがわかる。

弥助はややうつむき加減だった。そのせいか、突っ立っている守博に気付かない。

「こっ、こんばんは」

思い切って声をかけると、弥助は全身をギクリと強張らせた。しかし立ち止まらず、そのまま歩み去ろうとする。

「あ、あの、弥助さん」

思わず呼び止めたのは、弥助に声が届いているという確信があったからだ。

すると弥助はようやく立ち止まった。こちらに向けられた背中から力が抜けたのがわかる。間を置かず、大きなため息の音が聞こえてきた。かと思うとくるりと振り返る。

街灯の明かりに照らされた整った面立ちが、なぜか今にも泣き出しそうに見えて、守博は息を呑んだ。

が、すぐにその幼い子供のような表情は消え、きつくにらみつけてくる。

「野暮天《やぼてん》」

「へ……？」

「アホ、朴念仁《ぼくねんじん》」

「え、あ、すんません」

初めて見る弥助の険《けわ》しい表情と、苛立《いらだ》った声音で紡《つむ》がれる悪口に驚いて、守博は咄嗟《とっさ》に謝った。しかし弥助は顔をしかめたままだ。

「今は無言詣《むごんもうで》の最中や。この時期にこの辺りで顔見知りに会《お》うても、声かけたらあかんて知らんのか」

「え、そうなんですか？　す、すんません！」

慌てて頭を下げる。

無言詣て何や。初めて聞いた。

何にせよ、やってはいけないことをやってしまったようだ。敬語ではない言葉遣いが、彼の怒りの強さを表している。

はー、とまたため息をつく音が聞こえてきた。

「まあええわ。どうせ天地がひっくり返っても僕の願いは叶わんし」

自嘲《じちょう》する物言いが意外で思わず頭を上げると、弥助は苦い笑みを浮かべた。つい今し方まで浮かんでいた怒りの表情は既に消えている。

「還幸祭《かんこうさい》までの七日、八坂《やさか》神社の神霊が遷《うつ》された神輿《みこし》が御旅所《おたびしょ》に滞在しはるんや。七日七夜《なのかななよ》、欠かさず御旅所を無言でお参りできたら願いが叶うて言われてる。それが無言詣や」

ゆっくりとした口調で説明され、え！　と守博は大きな声をあげてしまった。

「す、すんません。俺、知らんかって……」

「ここら辺、人が多いて思わんかったか？」

「思いましたけど、最近の京都はいつでもどこでも、観光客でいっぱいやから……」

「まあ確かにそうやけど。無言詣のこと、よう覚えとくとええわ」

はい、と守博は神妙《しんみょう》に返事をした。ほんまにすんませんでしたともう一度謝ると、弥助はまた小さく息を吐く。

「飲み会か何かの帰りか？」

「え？　あ、はい……」

弥助の姿を一目でいいから見たくて来たとは言えず、守博は曖昧《あいまい》に頷いた。

弥助はふいににやりと笑う。

今まで一度も見たことがない笑い方に、ドキ、と心臓が跳ねた。

「それにしては、酒の臭いがせんけど?」

「や、あの、それは……」

たちまち言い訳につまった守博に、弥助はおもしろがるような視線を向けてくる。

「終電まで時間あるやろ。奢《おご》るからちょっと付き合《お》うて」

「つ、付き合《あ》うて、どこへですか?」

「僕の行きつけのバーや。ここからそんな遠《とお》ないから」

「や、けど……」

この辺りは花街に近いだけあって、そこそこ高級な店が多い。半袖のポロシャツにデニムのパンツというラフな格好でも入れる店なのだろうか。

返事を躊躇《ためら》っていると、弥助はわずかに口を尖《とが》らせた。

「僕の無言詣を台無しにしたんや。飲みに付き合うぐらいしてもらわんと」

昨日、喫茶店で話したときのような穏やかでにこやかな雰囲気はない。ファストフード店で会ったときとも違う。色っぽいのは同じだが、もっとざっくばらんな感じがする。

たぶん、これが素《す》の弥助さんや。

先ほどの泣き出しそうな顔は、彼の心の芯にある柔らかい部分の発露《はつろ》だったのだろう。

なぜか苦しいような、それでいて嬉しいような複雑な気持ちになりつつ、守博は首を横に振った。

「飲みに行くんはええんですけど、この格好やから……」

「そんなん気にせんでええよ。僕の連れやったら入れるから。ほな行こか」

踵を返した弥助はスタスタと歩き出した。慌ててまっすぐに伸びた背中を追いかける。

無言詣を邪魔してしまったのは本当に申し訳なかったが、思いがけず一緒に飲めることになったのは嬉しかった。そしてもちろん、素の弥助を見ることができたのも嬉しい。

それにしても、弥助さんは無言詣で何をお願いしてはったんやろ。


弥助に連れて行かれたバーは、雑居ビルの二階にあった。この辺りに詳しい者でなければ入ることはおろか、見つけることも難しそうな店である。

ただでさえ弥助と一緒で緊張しているというのに、バーと呼ばれる店を訪れるのは初めてだ。心臓がバクバクと派手な音をたてる。

狭い階段を上がったところにあったのは、ごく普通のドアだった。店名が書かれたプレートが貼ってあるだけなので、一見すると何の店かわからない。

弥助は躊躇うことなくドアを開けた。こんばんはと声をかけた彼に、いらっしゃいと男の声が応じる。守博も恐る恐る中へ足を踏み入れた。たちまち冷えた空気が全身を包む。

ほっと息をついて見渡した店内は、ドアの素っ気なさからは想像できない落ち着いた雰囲気だった。こげ茶色で統一された内装と、木製のどっしりとしたカウンターが印象的だ。女性客が一人と男性客が二人いる。いかにも大人の店といった感じである。

「あれ、久しぶりやな。新顔か？」

カウンターの中から顎《あご》に髭《ひげ》を生やした男が声をかけてくる。年は弥助と同じくらいか。がっちりとした体格に、長袖の白いシャツと黒のパンツがよく似合っている。

「いや、この人はそういうんと違うから」

弥助は慣れた仕種でスツールに腰を下ろした。守博にも隣に座るように促《うなが》す。

そういうのて、どういうのや。

内心で首を傾げつつ、守博は失礼しますと断って腰を下ろした。ここが弥助の行きつけのバーなのは本当らしい。ふと脳裏に浮かんだのは、ファストフード店で弥助と一緒にいた男だ。あの男とも、この店に来ているのだろうか。

「なんや、新しい弟子か？」

マスターがおもしろがるように声をかけてくる。弥助はふんと鼻を鳴らした。

「この人は噺家さんや」

「あ、そうなんや。てことは昔の弟弟子？」

マスターは弥助が以前、噺家だったことを知っているらしい。

「違う。僕とは縁もゆかりもない噺家さん。コンちゃん、僕はいつもの。君は何飲む？」

「え、あ、そしたら、ビールお願いします」

はいよ、と明るく応じたマスターは、少々お待ちくださいと断って背を向ける。

守博はそわそわと周囲を見まわした。本当は隣に座る弥助の横顔を見たかったが、あまり見つめると変に思われるかもしれない。仕方なく、ほんの一瞬ちらと見遣る。

抑えた照明が整った目鼻立ちを柔らかく照らし出し、滲《にじ》むような憂《うれ》いを生んでいた。

ただでさえ高鳴っていた胸が、更に激しく脈打つ。じっと見つめてしまいそうになる視線を、どうにかこうにか引《ひ》き剝《は》がした。

凄い、きれいや。

――いや、感心してる場合やない。俺が無言詣を邪魔したから落ち込んではるんや。

「あの、さっきはほんまにすんませんでした」

小声で謝ると、弥助は苦笑した。

「それはもうええて」

「けど……」

「自分でもアホなことしてるなあて思いながら参ってたんやし、ほんまにもう気にせんでええよ」

弥助はさばさばと答える。

嘘や、と直感した。弥助は嘘をついている。

守博に呼び止められて振り返った彼は、今にも泣き出しそうだった。それほど切実に叶えたい願いだったのだ。

「……あの、俺にできることがあったら、何でもやりますから」

本心から言っていると理解してもらうために、守博は真剣な口調で言った。

弥助はゆっくり瞬きをする。数秒、じっと守博を見つめた後、ニッコリ笑った。

「そしたら今日はとことん付き合《お》うて」

「え、や、それは、お付き合いしたいんはやまやまなんですけど、俺、酒は好きやけど強うないんで……。すんません」

「ああ、確か涼風師匠がそんなこと言うてはったっけ。なんや、つまらんなあ」

素っ気ない物言いだったが、ショックは受けなかった。彼の邪魔をしてしまったことは事実だ。それより何より、太鼓持ちでいるときにはありえない弥助の態度が嬉しい。

その思いが顔に出たらしく、弥助が眉を寄せる。

「何笑《わろ》てんねん」

「あ、いえ、すんません」

慌てて顔を引きしめていると、マスターが寄ってきた。お待たせしました、という言葉と共に、薄いガラスのグラスに注《つ》がれたビールが置かれる。ありがとうございますと頭を下げている間に、マスターは弥助をにらんだ。

「おいコラ、こんな真面目そうな若者を苛《いじ》めるな」

「苛めてませんー。苛められたんは僕の方や」

わずかに口を尖らせて言った弥助の前に、琥珀色《こはくいろ》の酒が入ったグラスが置かれた。ウィスキーのようだ。弥助はすかさずそのグラスを持ち上げる。

「そしたら乾杯」

「あ、はい、乾杯。いただきます」

慌ててグラスを持ち上げて乾杯に応じる。一口飲んだビールは上品な口当たりだった。ほどよい苦みがあるのに、喉越《のどご》しは爽やかだ。

「……美味《おい》しいです」

「そうですか？　よかった」

弥助ではなくマスターがにこやかに答えてくれる。

弥助は黙って酒を飲んでいた。無言詣の願い事を知りたいが、とても聞ける雰囲気ではない。せめて何か話したいと思うものの、何を話していいかわからない。

「あの、昨日はほんまにありがとうございました。おかげさまで、師匠に愛宕山の稽古つけてもらえることになりました」

結局、口にしたのは落語の話だった。守博の日常のほとんどは——否《いな》、今までの人生のほとんどは落語で構成されているから仕方がない。

ふうんと弥助は相づちを打つ。

「涼風師匠の愛宕山は、春の野の様子が自然と思い浮かぶよな。気持ちのええ風が吹いてて、鳥が鳴いてて、日差しがキラキラしてて」

夢見るような眼差しで、常日頃感じていたことと全く同じことを言われて、守博は何度も頷いた。

「はい、はい！　新緑のええ匂いまで漂うてくる気がします。あの、弥助さんも師匠の愛宕山、見はったことあるんですね」

「あるに決まってるやろ。太鼓持ちとして独り立ちしてから、師匠の高座にはできるだけ足運んでるんやから」

なぜかムッとして言った弥助は、ちらとこちらを見た。形の良い唇に冷たい笑みが浮かぶ。

「君に愛宕山は無理とちゃうか？　君、暗いし、滑舌《かつぜつ》も悪いし上品でもないし」

あからさまに貶《けな》されたものの、やはり傷つきはしなかった。全て本当のことだ。萩家初蝉の『千両みかん』を見た弥助は、正当な評価をしている。

「師匠みたいな華やかで上品な愛宕山はできんと思います。けど、自分なりの愛宕山をやれた

「自分なりて？　たとえばどんな風に？」

意地の悪い問いかけだったが、守博は真面目に答えた。

「太鼓持ち二人を、芸も間もまずい、もっと俗物《ぞくぶつ》な芸人にします。たぶん、俺がやるとそうしようとせんでも、自然にそうなってしまうと思いますけど……。お囃子さんともテンポとか間とか、よう相談さしてもらおうと思てます」

考えていたことをそのまま口にすると、弥助はゆっくり瞬きをした。かと思うと、ふいと視線をそらしてウィスキーを飲む。そしてぶっきらぼうに尋ねてきた。

「君、噺家になって何年や」

「え、あ、通いの弟子を三年やって、独り立ちして三年です」

「嫌になったことないんか」

あんな落語しかできんで、という意味を含んだ質問だとすぐにわかった。が、厭味《いやみ》で言っているのかどうかはよくわからない。

弥助は自分の落語は中途半端だったと言った。だから太鼓持ちに転職したのだと。中途半端なまま噺家を続けている守博が理解できないのかもしれない。

弥助さんの中途半端と、俺の中途半端はかなり違うと思うけど……。

守博はぽつぽつと言葉を紡いだ。

「嫌になったていうか……、正直、せっかく噺家になれたのに、俺は何やってるんやろう、て思うことはあります。真面目に努力しても、どうにもならんことがあるんは、もうわかってますけど、他にやれることも、やりたいこともないですし……」

こんな風に自分の思いを口にしたことは、今まで一度もない。噺家たちは仲間であると同時にライバルでもある。なかなか本音は明かせない。

「ただ、愛宕山は、ああしようこうしようていろんなアイデアが浮かんできて、久しぶりに稽古が楽しみなんです。自分が普段やらんタイプの噺やからこそ、そういう風に思うんかもしれません。愛宕山をやろうて思えたんは、弥助さんのおかげやから、ほんまに感謝してます」

ペコリと頭を下げる。

無言でウィスキーを飲んでいた弥助は、なぜか沈黙した。やがて小さく首をすくめる。

「感謝するんやったら、涼風師匠に感謝したら？　お座敷に連れてきてくれはったん、涼風師匠やろ。僕かて涼風師匠に頼まれたから、君と話しただけやし」

「もちろん、師匠には感謝してます。けど、師匠に断ることもできたのに、付き合《お》うてくれはったでしょう。せやから弥助さんにも感謝します」

もう一度頭を下げると、別に、と弥助は素っ気なく言った。ふいと視線をそらし、つぶやくように言葉を紡ぐ。

「僕は、涼風師匠の頼みは断らん」

はあ、と守博は相づちを打った。寄席や独演会にはできる限り足を運ぶと言っていたし、よほど涼風の落語が好きらしい。

「あの、涼風師匠に弟子入りしようとは思わはらへんかったんですか」

そうすれば、少しの間だけでも兄弟弟子になれたかもしれないのに。

そんな埒《らち》もないことを考えて言っただけだったが、弥助はなぜかグラスをあおる手を止めた。

「……涼風師匠の落語は好きやけど、僕自身が涼風師匠みたいな落語ができるとは思わんかったからな」

独り言のような物言いに、守博は言葉につまった。

俺は、涼風師匠みたいな落語ができるとは思てへんかったけど弟子入りした……。

現に今、師匠とは少しも似たところのない噺家になっている。タイプが違うだけならいいが、単純に下手だ。よく恥ずかしげもなく萩家涼風の弟子をやっているなとあきれられても、何も言い返せない。

守博がうつむいたのを見て、あ、となぜか弥助が声をあげた。

「今のは厭味とちゃうから。僕がそう思ただけで、君を批判したわけやない」

「いえ……。批判されてもしゃあないですから……」

「いやいや、ほんまに違うから。ごめんな、気にせんといて」

自嘲する口調で言った弥助は、それきり黙ってウィスキーをあおった。整った横顔には、やはり憂いが含まれている。きれいに手入れされた爪が、ウィスキーの琥珀色を映して淡く光っていた。知らず知らずのうちに視線を奪われる。

見惚れつつも、守博は今し方弥助が言ったことを改めて考えた。

涼風師匠の落語は好きだが、自分がやりたい落語ではなかったということか。

そういうのとはちょっと違う気がする……。

何がどう違うのかは自分でもわからなかったが、指先に小さな棘《とげ》が刺さったような違和感は、なかなか消えてくれなかった。

「へい、旦那《だんな》、ただいま戻りました」

ぜいぜいと息をきらせつつも自慢げに言う。

すかさず反対側を向いて、今度はあきれたような感心したような顔をした。

「えらい奴やな、上がってきよったで。よう上がってきたなあ、えらいもんや。ほんで金はどないした」

きょとんとした後、肝心《かんじん》なことを忘れた自分の滑稽《こっけい》さと情けなさに、泣き笑いの表情を浮かべる。早くサゲを言ってしまいたくなるのを辛抱《しんぼう》する。たっぷりと間をとる。

「ああ、忘れてきた……」

ばつが悪そうに、それでいて悲しげにサゲを言って、頭を下げる。

今日まで稽古《けいこ》してきて、一番うまいことできた気がする……。

しかし粗くなってしまったところもたくさんあった。

場所は涼風《りょうふう》の家の八畳の和室だ。部屋にいるのは、涼風と守博《もりひろ》の二人だけである。冷房がきいていて涼しいはずなのにやたらと暑く感じるのは、涼風の重い沈黙のせいだ。

弥助《やすけ》とバーで飲んでから十日。今日まで、仕事の合間を縫《ぬ》って稽古を重ねた。今までも真面目に稽古してきたが、睡眠時間を削《けず》ってまで熱心に稽古したのは初めてだった。もちろん唄も習いに行った。六十代の女性の師匠に、センスはおまへんけど素直なんは大変よろしいと褒《ほ》められたのには驚いた。

「前半が、走りすぎたな」

厳しい物言いが聞こえてきて、恐る恐る顔を上げる。

涼風はいつになく真剣な面持ちだった。

「太鼓持《たいこも》ち二人に気ぃをとられすぎて、春の野辺の雰囲気がなおざりになっとる。旦那のしゃべりもせっかちになりすぎや。大阪の旦那やないぞ。京都の旦那や。もうちょっとおっとりした感じにせんと」

はい、と守博は返事をした。うん、と涼風は頷いてくれる。

「大阪には低い山しかないていうとこ。天保山《てんぽうざん》、真田山《さなだやま》、茶臼山《ちゃうすやま》のとこをやってみぃ」

はい、ともう一度返事をして、守博は姿勢を正した。そして涼風に言われた箇所《かしょ》をやってみる。教養があり、粋《いき》な男。おっとりと上品に、しかし少し毒を含ませた物言いをする。

「そんなもん山やあれへん。あんなもんは地べたのこぶや」

目を閉じて聞いていた涼風は、うんと再び頷いた。

「さっきよりは良うなった」

ありがとうございますと言って頭を下げる。旦那のキャラクターをもう一度考え直す必要がありそうだ。そしてもっと丁寧に描写しなくてはいけない。

厳しい顔のまま、涼風は口を開いた。

「後半は太鼓持ちがメインになっとるせいか、まあまあやった。サゲはおまえらしいてよかったぞ。よう我慢した」

守博は一瞬、ぽかんとした。褒められたこと自体が信じられなかったのだ。弟子入りしてから褒められたのは、これが初めてかもしれない。

「あ、あり、ありがとうございます！」

守博はガバッと頭を下げた。

めちゃめちゃ嬉しい。弥助さんと話ができたおかげや。

バーで飲んだビールは、弥助が奢《おご》ってくれた。払いますと申し出たが、ビール二杯分くらい払うわ、と言われた。

しかし次に会う約束はできなかった。本当はまた会ってもらいたかったけれど、何も成果を出せていないのに頼むのは狡《ずる》い気がしたのだ。

弥助は涼風の高座《こうざ》をよく見に行っていると言った。守博はといえば、三年前に独り立ちしてから、営業や自身の高座、稽古等で、師匠の落語を欠かさず見るわけにはいかなくなった。寄《よ》席《せ》や独演会で弥助に会ったことがなかったのは、そのせいだろう。なんとか都合をつけて、涼風の高座に足を運ぼうと思う。

そしたらきっと、弥助さんに会える。

師匠に少しは褒められた今なら、姿を見るくらいしてもいいのではないか。否《いな》、少しなら話しても罰《ばち》は当たらないだろう。

――弥助さんに関しては、どんどん欲が出てきてまうな……。

落語以外でこんな風になるのは初めてだ。

「今日はこれくらいにしとこか。今言うたことに注意して稽古し直しなさい」

「はい、ありがとうございました」

守博は深々と頭を下げた。涼風も頭を下げてくれる。

「初蝉《はつぜみ》、あれから弥助と会《お》うたんか?」

「あ、はい。十日くらい前に、あの、偶然お会いしました」

無言詣《むごんもうで》を台無しにしたことは言いづらくて、守博は少しごまかした。

「弥助の話は勉強になったみたいやな」

「はい。太鼓持ちの仕事のことだけやのうて、もっといろいろお話ししたいと思《おも》てます」

守博が珍しくはっきり言い切ったせいか、涼風は瞬《まばた》きをした。

「連絡先を交換したんか？」

「あ、いえ。弥助さんはスマホを持ってはらへんそうで……。それに、私は弥助さんと親しいなりたいですけど、弥助さんがどう思てはるかはわかりませんし……」

一転、守博は口ごもった。弥助に好いてもらえるような要素がひとつもないのは事実だ。弥助より年下で、落語家としても鳴かず飛ばず。ただ背が高いだけで容姿も冴《さ》えず、センスもない。人間的なおもしろみもない。だからこそ、落語で少しでも進歩がないと、また会ってほしいと頼むことすらできないと思った。

「まあ、今のおまえは前よりはええんとちゃうか？」

笑いまじりに言われて、え、と守博は思わず声をあげた。

「ほ、ほんまですか？」

「暗いんは変わらんけど、暗いなりに味が出てきた思うわ」

「……それは、褒めてくれてはりますか？」

さあな、と曖昧《あいまい》な言い方をしつつも涼風が楽しげに笑ったそのとき、失礼いたします、と襖《ふすま》の向こうから女性の声が聞こえてきた。涼風の家に出入りしている女性といえば涼風の姉くらいだ。通いの弟子だった頃、何かと世話を焼いてくれた。が、この声は彼女のものではない。

誰やろ。

「あ、こんにちは！」

二時間ほど前に訪ねてきたときは、涼風しかいなかった。

スッと襖が開く。顔を見せたのは和服を纏《まと》った女性だった。小料理屋の女将《おかみ》、志津子《しづこ》だ。

ペコリと頭を下げると、彼女は穏やかに微笑んだ。

「こんにちは。お稽古、終わりました？」

「あ、はい。終わりました」

「そうどすか。ご苦労さんどした。頂き物の水羊羹《みずようかん》どすけど、どうぞ」

「あ、はい。ありがとうございます」

部屋に入ってきた女将は、まずは涼風の前に新しいお茶とガラスの器《うつわ》に入った水羊羹が載った小さな盆を置いた。守博の前にも同じ物を出してくれる。

師匠の家に遊びにきてはったとしても、お茶を出してくれはるんは変やないか？

状況が飲み込めなくて瞬きをくり返していると、初蝉、と涼風に呼ばれた。

「今度、この北尾《きたお》志津子さんと籍《せき》を入れることになったさかい。よろしゅうな」

へ、と守博は間の抜けた声をあげてしまった。ぽかんと口を開けて、涼風と志津子を交互に見る。

涼風は珍しく少し照れた風だ。志津子はニコニコと笑っている。

籍を入れる、てことは、結婚しはる、てことか……。

以前、涼水に師匠には付き合っている人がいると聞いたが、相手は志津子だったらしい。そういえばこの前の独演会のときも、彼女と待ち合わせている風だった。

「よろしいお頼《たの》申します」

志津子が丁寧に頭を下げたことで、守博は我に返った。

「あ、こ、こちらこそよろしいお願いします。あの、おっ、おめでとうございます」

ありがとうございます、と志津子は嬉しそうに礼を言う。彼女と顔を見合わせた師匠も嬉しそうだ。

「店は芸妓《げいこ》やった頃の妹さんに任すことになったそうや。これからはうちで、中のことを仕切ってもらうさかい」

「いろいろ至らんとこがあると思いますけど、どうぞよろしゅう」

再び頭を下げた志津子に、こちらこそ、と守博もぺこぺこ頭を下げた。

師匠と志津子さん、お似合いや。

二人の間に漂う落ち着いた空気がいい。

守博も嬉しい気持ちになって、頬を緩めて水羊羹を頬張《ほおば》った。

なぜかふいに弥助の沈んだ顔が脳裏《のうり》に浮かぶ。彼はバーで浮かない様子だった。無言詣の目的も、叶わないとわかっている願いを叶えたいからという風なことを言っていた。

弥助さんは苦しんではる。

弥助に力をもらったように、彼の力になりたいと思う。涼風を支える志津子のように、とまでは言わないが、弥助を支えたい。


「これ、三百両や。……三百両……」

両手を見下ろし、悲しげに、そして呆然と、三百、三百、と何度も小さくつぶやく。

突然我に返ったようにぐっと顔を上げ、語調を強くする。

「ええい、ままよ！」

間を置かず、やや早口で続ける。

「番頭《ばんとう》、みかん三袋持ったまま、どろんしてしもた」

頭を下げると、ぱらぱらぱらと拍手が湧いた。人気の落語家に比べれば静かな反応だ。しかし萩家《はぎや》初蝉にしては拍手が多い。

今までよりは良うなった証拠や。

体が芯から熱くなるのを感じつつ、守博は舞台袖《そで》へ退《ひ》いた。

涼風に再婚の話を聞いてから三日。寄席の高座に上げてもらえた。披露《ひろう》したのは『千両《せんりょう》みかん』だ。今回は番頭の人間性に重きを置いて話してみた。笑いは少なかったが、こちらの語りに耳を傾けてくれている客の数はいつもより多かった気がする。

けど、弥助さんは来てはらんかったな……。

舞台の上からは案外はっきりと客席の様子が見えるのだ。視線を配ったが、弥助の姿はなかった。今日の涼風の出番は昼席《ひるせき》の最後である。寄席は高座の途中でなければいつ入ってもいいから、もし来るとしても、涼風の出番に合わせてやって来るのだろう。

見てもらえなかったのは残念だと思う一方で、まだ見られなくてよかったとも思う。もっともっと稽古して、『愛宕山《あたごやま》』を見てもらいたい。

初蝉、と呼ばれて振り返ると、大柄な男が立っていた。席亭《せきてい》――この寄席の主人だ。五十代半《なか》ばの彼は、音響や照明も担当してくれている。

「あ、お疲れさんです」

頭を下げると、お疲れさんと応じてくれた。出番の後、席亭に声をかけられるのは初めてだ。

「今日の千両みかん、なかなかよかったで」

「へ……？　あ、ありがとうございますっ」

一瞬、何を言われたのかわからなくてぽかんとした後、慌てて礼を言う。

「あんな物悲しい千両みかんは初めて見たわ。老《ふ》け顔のおかげでええ味が出てたな。笑いは少なかったけど切ない余韻《よいん》があって、僕は好きや。涼風師匠にとったら、今日の高座はええ結婚祝いになったと思うで。これからもがんばってや」

ぽんと背中を叩かれ、守博はありがとうございますともう一度頭を下げた。

東京落語に比べ、より笑いを大事にする上方《かみがた》落語において、物悲しいとか切ないという言葉が褒め言葉なのか、そうでないのかいまいちわからない。とりあえず老け顔というのは褒め言葉ではないだろう。

それでも、好きやと言ってもらえて、しかも師匠の結婚祝いになると言われたのは素直に嬉しかった。

楽屋へ戻ると、噺家《はなしか》に混じっていわしの姿があった。涼風の出番にはまだ間がある。どうやら師匠より先に来て、他の噺家の高座を見て勉強しているらしい。

いわしももうすぐ通いの弟子を卒業やもんな……。

守博と目が合うと、いわしは会釈《えしゃく》した。珍しくお疲れさんでしたと声をかけてくる。驚いた守博は、あ、どうも、と妙な返事をしてしまった。

「りょ、涼水《りょうすい》兄さんから、若手皆で祝いしょうて連絡きたか？」

何か話さなくてはと思って、着替えつつ尋ねる。

「はい、きました」

「そか。それにしてもびっくりしたなあ。相手が志津子さんやとは」

「兄さん、師匠のお相手が誰か知らはらへんかったんですか？」

心底あきれた口調に、へ、と間の抜けた声をあげる。

いわしは憐れむような視線を向けてきた。

「弟子の中で気付いてへんかったん、たぶん兄さんだけですよ。僕も気付いてましたから」

俺だけか……。

改めて己《おのれ》の鈍《にぶ》さを自覚して呆然としていると、いわしは小さく息を吐いた。

「今日の高座、ちょっとおもしろかったです。ちょっとだけですけど」

ぼそっとつぶやいて離れていったいわしの背中を、呆然としたまま見送る。

え、何？　今、褒めてくれた？

驚きの連続で、守博は目を白黒させた。まさか、いわしにまで褒められるとは思わなかった。

顔がにやけるのを感じつつ着替えた守博は、軽い足取りで客席へ向かった。もしかしたら弥助に会えるかもしれないと思ったのだ。それに、他の噺家の高座も見たい。

関係者用の廊下を抜け、一旦表のロビーへ出る。そこには中年の男性と年配の女性がいた。今の高座が終わるのを待っているらしい。二人はちらと守博に視線を向けたが、無反応だった。

今日の昼席は、涼風だけでなく若手のホープである栗梅亭真遊《くりうめていしんゆう》と山川小藤《やまかわこふじ》も出る。守博など眼中になくて当然だ。

ちょっと席亭といわしに褒められたからて、浮かれてたらあかん。俺なんか、まだまだや。高揚した気分がみるみるうちに冷めるのを感じていると、ふいに数メートル離れた場所にあるロビーの扉が開いた。

入ってきたのは二人の男だった。一人は眼鏡をかけた弥助だ。以前、涼風の独演会に来たときのような、シャツにパンツという格好である。もう一人はファストフード店で弥助と一緒にいた男だった。二人は何やら揉《も》めている。

「待てて、そんな怒ることないやろ」

「怒ってへん。しつこいからあきれてるだけや」

追いすがる男に、弥助は素っ気なく言い返す。

足を止めない弥助に、男はますます焦《あせ》ったようだ。

「昨日のことは謝る。謝るためにここまで来たんやないか」

「ここには一人で来たいんや。今までいっぺんも一緒に来たことないやろ。それにもう謝ってもらわんでええから」

「なんでや。許してくれるんか？」

「なんで許さんとあかんの。約束破ったら、その時点で付き合いは終わり。最初からそう言うてたやろ」

「そんな……。たった一回だけやないか」

「一回でも破ったことに変わりないやろ。もう会わんから、帰って」

弥助は声を抑えているが、男の声は大きい。端に立っていた年配の警備員の男性が眉を寄せたのが見てとれた。ロビーにいた二人の客も弥助と男を注視している。これはまずい。

守博は咄嗟《とっさ》に二人に歩み寄った。

「こ、こんにちは」

思い切って声をかけると、弥助と男は驚いたようにこちらを見た。

二人に同時に視線を向けられ、守博は怖《おじ》けた。下を向きそうになる顔を意識して上げる。

「あ、あの、静かにしはった方がええですよ」

弥助を背に庇《かば》った守博に、男は怯《ひる》んだ。男より守博の方が背が高く、体格も良い。しかも今日は弟のお下がりの鮮《あざ》やかな黄色のTシャツを着ている。見た目の迫力だけは満点だ。

しかし男は気を取り直したらしく、にらみつけてきた。寝不足なのか、目が血走っている。顔色も良くない。

「おまえに関係ないやろ」

「か、関係ないことはないです。ここは、落語家の仕事場や。私の仕事場です。見に来てくれはるお客さんに迷惑になる。ルールは、守ってください」

守博はなんとかそれだけを言い切った。そうや、という弥助の声が背後から聞こえてくる。

「無粋《ぶすい》なことせんといて」

弥助は守博の横へ足を踏み出し、男にきつい視線を向けた。

「無粋て、俺はただ謝りたいだけや。とにかく話を聞いてくれ」

必死で言った男の手が弥助の腕に伸びるのを見て、守博はまた体を前に出した。どけ！と男が大きな声を出したところへ、警備員がやってくる。

「どうかしましたか、初蝉さん」

彼が自分の名前を知ってくれていたことに驚きつつも、大丈夫ですと守博はすぐ応じた。

「もう、大丈夫ですよね」

弥助と男を交互に見遣る。三対一ではどうにもならないと思ったのか、男は舌打ちした。かと思うとふいと踵《きびす》を返す。そのまま足音荒くロビーを出て行ってしまった。

守博は思わず大きく息を吐いた。隣にいた弥助も息をつき、警備員の男性に頭を下げる。

「お騒がせして申し訳ありませんでした」

いえ、と短く応じて微笑んだ警備員は、所定の位置に戻っていった。ロビーにいた客たちも力を抜く。

守博は改めて弥助に向き直った。端整な面立ちは心なしか青ざめているように見える。

「弥助さん、大丈夫ですか？」

「ん、大丈夫や。迷惑かけてごめん」

「いえ、そんなんはええんですけど……」

さっきの人と何を揉めてたんですか、という質問を飲み込む。守博にそんなプライベートなことを聞かれたくないだろう。

「……あの、さっきの人がまた来るかもしれませんから、一緒にいましょうか」

遠慮がちに言うと、弥助はなぜかまじまじと守博を見上げた。眩《まぶ》しげに目を細める。

「君らしいないTシャツ着てるな。ファンからのプレゼントか？」

「へ？　あ、いえ、俺にはファンはいてへんので……。これは、弟のお下がりです」

「へえ、弟さん趣味ええな。よう似合《にお》てるわ」

「あ、ありがとうございます」

褒められているのかそうでないのかよくわからなかったが、とりあえず礼を言う。

ふ、と弥助は小さく笑った。

「君、高座は？」

「今日はもう終わりました」

「そうか。これからの予定は？」

「夕方に、銭湯で落語をやらしてもらう予定です」

「銭湯？　また不思議なとこでやるんやな。あ、宴会場があるスーパー銭湯か？」

「いえ、昔ながらの番台《ばんだい》がある銭湯です。ご主人のご厚意《こうい》で、週に二回、落語会をやらしてもろてるんです。あ、もちろん俺だけやのうて、他の噺家も出るんですけど」

ふうん、と弥助は感心したように頷いた。

「夕方まで時間があるんやったら、さっきのお礼にお昼奢るわ」

「え、けど、この前も奢ってもろたし……」

「あれはあれ、これはこれや。心配せんでもそんな高いとこには行かん。ここの近くにある定食屋さんに行くから。涼風師匠の高座を見てからやけどな」

ニッコリ笑ってくれた弥助に、はい、と守博は素直に頷いた。

「そしたら、ご馳走《ちそう》になります」

弥助はなぜかまた目を細めた。ほな行こか、と言い置いて客席の方へ歩き出す。守博も慌てて弥助の後に続いた。

あの男の人と、なんで揉めてはったんやろ。

弥助は彼が約束を破ったと言っていた。男は謝ろうとしていたが、それすら拒《こば》んでいた。よほど男の約束破りが許せなかったのだろう。

約束してもらえるだけでも、あの人は幸せや。

俺なんか、何の約束もしてもらえへんのやから。

寄席にいる間、男は姿を見せなかった。あきらめたのか、他に用事があったのかはわからない。それでも守博は何かあったら弥助を守れるように彼を壁側の席に座らせ、自分は通路側に腰かけた。別にええのに、と弥助は言ったものの、守博は譲《ゆず》らなかった。楯《たて》になるくらいしかできないが、何もしないよりはましだろう。

涼風の高座が終わった後、弥助と共に訪れたのは、寄席にほど近い場所にある定食屋『こじま』だった。年季の入った古い店で、五十代後半の夫婦が切り盛りしている。師匠クラスから若手にまで安くて旨《うま》いと評判だ。守博も弟子入りした頃に涼風に連れてきてもらって以降、時折立ち寄っている。

店に入ると、おいでやす！　と声がかかった。寄席に近いせいか、ここでは古い大阪言葉がまだ生きている。

八月に入って数日。日中の気温は三十五度を超えている。冷房がきつめにきいた店内は、ほぼ満席だった。中堅の落語家の姿が見えたので、おはようございますと頭を下げてから、弥助と向かい合って奥のテーブルに腰を下ろす。

「初蝉君、おいでやす」

お冷《ひや》とおしぼりを持ってきてくれたおかみさんに、こんにちはと守博は頭を下げた。

「今日はえらい男前と一緒やないの」

「あ、はい。そうなんです」

真面目に頷くと、おかみさんは楽しげに笑う。弥助はあきれた視線を向けてきた。

「冗談で言うてはるのにまともに答えてどうするんや。すんません、おかみさん、オムライスと生姜焼《しょうがや》き定食お願いします」

「はい、オムライスと生姜焼き定食ね」

オムライスは守博で、生姜焼き定食は弥助の注文だ。ここへ来るまでに『こじま』の好物について話した。二人とも本当に食べたいのはニンニクのきいた餃子だったが、守博は銭湯での仕事が、弥助はお座敷があるので断念した。弥助も『こじま』の餃子が好きだと知って嬉しかった。

おかみさんが厨房《ちゅうぼう》へ戻るのを見送った弥助は、改めて守博に向き直った。

「今日の涼風師匠の落語、よかったな」

「あ、はい！　特に奥さんがおでんを買いに行ってる間、一人でのろけるとこがよかったです。微笑ましいていうか実感がこもってるていうか」

涼風が演じたのは『かわり目』だ。酔っ払いが主人公だが、夫婦の味のあるやりとりが楽しい噺である。自然と師匠と志津子を思い浮かべてしまった。隣にいる弥助も集中して見ているのがわかって、自分の高座ではないのに誇らしくなった。

「実感て、師匠独身やろ」

眉を寄せた弥助に、守博はニコニコと笑った。

「今度結婚しはるんですよ」

昨日あたりから、複数の噺家から涼風師匠結婚しはるてほんまかと尋ねられるようになった。どうやら落語界の人たちには、ハガキで報告が届き始めたらしい。席亭が知っていたのも、きっとその知らせが届いたせいだろう。

弥助は初耳だったようだ。ゆっくりと瞬きをした後、つぶやくように言う。

「涼風師匠が結婚しはるていう噂、ほんまやったんか」

「はい。昨日くらいから、いろんなとこにお知らせのハガキが行ってるみたいです」

「……そうか。置屋《おきや》には届いてるかもしれんな。僕は昨日、お座敷が立て込んでてほとんど置屋にいてへんかったから……」

水を口に含んだ弥助は、それきり黙ってしまった。厨房で何かを炒《いた》める、ジュワー！　という音がやけに大きく聞こえる。

なにしろおめでたい話題だ。涼風の結婚について尋ねてきた噺家たちのように、相手はどんな人だとか君はもうその相手に会ったのかとか、賑《にぎ》やかに問われるとばかり思っていたので戸惑う。

改めて見遣った弥助は切れ長の目を伏せていた。整った面立ちはやはり色っぽくてきれいだと思うが、どう見ても喜んでいる表情ではない。

どうしはったんやろ……。

涼風の結婚がどうでもよくなるくらい、先ほどの男との揉め事が気になっているのだろうか。

そういえば弥助は何かに悩んでいるのだ。だからこそ無言詣をした。

「あの、弥助さん。大丈夫ですか？」

恐る恐る声をかけると、弥助は我に返ったようにこちらを見た。

「大丈夫て、何が。僕、何かおかしいか？」

なぜか責めるように問われて、守博は慌てて首を横に振った。

「いいえ、おかしいことは……。ただ、さっきの人のことを気にしてはるんかと思て……」

「さっきの人？」

「寄席のロビーで揉めてはった人です」

ああ、と弥助は気の抜けた声をあげた。今の今までそんな人のことは思い出しもしなかった、といった感じだ。ため息をついた後、苦い笑みを浮かべる。

「君には変なとこばっかり見られてるなあ」

「変なとこて、そんな……」

「変なとこやろ。さっきもそうやし、無言詣もやし」

さばさばとした物言いだったが、守博はなぜか胸をつかれた。

元気を出してほしい。しかし気がきいた言葉はひとつも思い浮かばない。そもそも、弥助が何に傷ついているのかわからないのに、かける言葉など思いつくはずがない。

「あ、あのっ、弥助さんっ」

守博の勢いに飲まれたように、うん、と弥助は返事をした。

「俺、今日、お宅まで送っていきましょうか」

は？　と弥助は頓狂《とんきょう》な声をあげる。

「何言うてん。君、大阪で仕事なんやろ。僕なんかにかもてんと、ちゃんと仕事せんとあかんで」

「それは、そうですけど……、でも……」

「でももヘッタクレもないやろ。僕は平気やから仕事行け」

「でも……」

口ごもると、弥助はあきれたように苦笑した。ほんの少しだが、先ほどよりは表情が明るくなった気がする。

「ほんまに大丈夫やて。さっきの男は友達みたいなもんや。付き合う前に約束事をしてな。それ破ったら二度と会わんて最初から言うてた。その約束を破りよったからもう会わんて言うただけやのに、謝るからまた会《お》うてくれて言うてきたんや。そんで揉めた」

はあ、と応じたものの、なんだか腑《ふ》に落ちなかった。友達になるときに約束事なんてするだろうか。

数はそれほど多くないが、守博にも高校時代に仲の良い友達がいた。今も時折連絡を取り合う彼らとは自然に親しくなった。何か嫌なことをされたとしても、これは嫌だと伝えはするが、すぐに友達関係が壊れたりはしない。

あいつ、ほんまに弥助さんの友達か？

ファストフード店で会った時点では友達だったとしても、今は違うのではないか。——もしかしてストーカーになったのか。

疑問が顔に出たのか、弥助は守博を安心させるように微笑んだ。

「ほんまに大丈夫やから。心配してくれてありがとうな」

「いえ……」

カアッと頬が熱くなる。本当に感謝してくれているのがわかって嬉しい。

赤くなっている顔を見られたくなくてうつむいたそのとき、お待ちどおさんでした、とおかみさんが近寄ってきた。

「はい、オムライスと生姜焼き定食です」

目の前にオムライスが置かれた。固めに焼いた卵の黄色と、ケチャップの赤が目にも鮮やかだ。

弥助の前には生姜焼き定食が置かれる。しょうゆと生姜の芳《こう》ばしい香りが守博のところまで漂ってきた。

「美味しそうやな。いただこか」

「はい、いただきます」

手を合わせてスプーンを手にとる。弥助も箸《はし》を手にとった。まずは味噌汁に口をつける。『こじま』の味噌汁は豆腐とワカメというスタンダードなものだ。

「旨い……」

しみじみつぶやいた弥助に、なぜか頬だけでなく胸の奥も熱くなった。苦しいような、切ないような、それでいて温かいような、不思議な感情が湧いてくる。こんな複雑な感情は初めてかもしれない。

あの、と守博は考えるより先に弥助に声をかけた。豚の生姜焼きを口に入れていた弥助が、ん？　という風にこちらを見る。

「やっぱり、心配です。俺の連絡先を渡しときますから、もし助けが必要やったら連絡ください」

真面目に言うと、弥助は瞬きをした。ふふ、となぜかおもしろそうに笑う。

「ええよ、そんなん。僕はスマホ持ってへんて言うたやろ」

「はい。せやから公衆電話からでも、置屋さんの電話からでもかまいません。連絡くれはったら、すぐに行きますから」

愛想《あいそ》でも誇張《こちょう》でもなかった。弥助が呼ぶのなら、どこへでも駆けつける。

すると弥助は悪戯《いたずら》っぽく笑った。

「君、大阪やろ。僕は京都や。そんなすぐ来れんやろ。それに、仕事の途中とか稽古中やったらどうするんや」

「そ、それは……」

守博は言葉につまった。正直、そこまで考えていなかった。

弥助は柔らかく目を細めて見つめてくる。

「餃子食べたいときとか、付き合《お》うてもらおうかな」

「あ、はい、ぜひ！」

大きく頷いた守博に、弥助はまた笑う。

「餃子食べるために、わざわざ京都まで来るんか？」

「行きます。仕事がないときは絶対行きます。仕事があるときでも、都合つけます」

ふうんと弥助は素っ気なく相づちを打った。

「ほら、早《は》よ食べんとオムライスが冷めてまうで」

「あ、はい」

守博は慌ててスプーンを手にとった。

え、結局、連絡先は受け取ってくれはるんか、受け取ってくれはらへんのか、どっちや。

オムライスを頬張りつつ弥助を見遣る。生姜焼きを口に運ぶ様子は不思議と穏やかで、我知らずほっと息が漏れた。

今の弥助さんやったら、きっと受け取ってくれはる。ダメ元で渡してみよう。


高座を終えて楽屋へ戻ってきた守博は、着替えるより先にバッグに入れておいたスマホを取り出した。着信があったことを知らせるライトが光っている。

弥助さんでありますように。

守博は祈りつつ画面を操作した。着信画面に出たのは「弥助さん」の文字だ。

電話してくれはった……！

自分でもパッと顔が輝くのがわかった。十分ほど前にかかってきている。高座に上がっていたため気付けなかった。

弥助が使っているのは置屋の電話だ。つまり、職場の電話である。こちらからは用事がない限り気軽にかけられない。が、向こうからかけてもらった今なら連絡しても大丈夫だろう。

守博はスマホを手に、引き返してきたばかりの楽屋を出た。

弥助に電話番号とメールアドレスを書いたメモを渡してから一週間ほどが経った。電話がかかってきたのはこれが初めてだ。

弥助はメモを受け取ってくれただけでなく、置屋の電話番号を教えてくれたものの、電話するとは言わなかった。ここ数日、スマホを確認しては着信履歴に弥助の名前がなくて肩を落としていたのだ。もう連絡はないかもしれないと思っていたので本当に嬉しい。

いや、浮かれてばっかりはいられん。

何か困ったことがあって連絡してきたかもしれないのだ。

廊下へ出た守博は素早くスマホを操作した。耳にあてると、呼び出し音が聞こえてくる。

『はい、たけもりでございます』

スマホから聞こえてきたのは年配の女性の上品な声だった。『たけもり』は弥助が所属する置屋の名前だ。

守博は無意識のうちに直立不動になった。

「あ、あの、私、萩家初蝉と申します。は、噺家の、萩家涼風の弟子です。太鼓持ちの、陽《よう》春亭《しゅんてい》弥助さんはいらっしゃいますか」

緊張しつつ一気にそこまで言う。

ハツゼミてどなたはんどすか、と不審がられないかと思ったが、ああ、と年配の女性は頷いた。

『初蝉さんどすか。こんにちは。早いもんでもう秋が立ちましたなあ』

「は、はい、こんにちはっ。朝晩はちょっとずつ、涼しいなってきましたね」

嘘だ。いまだに朝も晩も地獄の如く蒸し暑い。一日中サウナの中にいるようだ。それでも京都の花街《かがい》では、立秋《りっしゅう》をすぎたら暑いと言ってはいけないのだと涼風に教えてもらった。

守博の「にわか京都人」ぶりがおかしかったのか、ふふ、と女性は笑う。

『ほんま、随分楽になりました。今、弥助を呼んできますさかい、お待ちください』

「あ、はい、お願いしますっ」

目の前にいない女性に向かって、守博はぺこぺこと頭を下げた。前を通りがかった先輩の落語家にも、ぺこぺこと頭を下げる。

弥助さん、俺のこと置屋の人に話しといてくれはったんや……。

そうでなければ取り次いでもらえない。

『はい、お待たせしました』

ふいに弥助の声が聞こえてきて、守博は再び直立した。

「あ、こ、こんにちはっ。初蝉です。さっき、お電話もろてありがとうございます。高座に上がってて出られんですんませんでした」

『いや、こっちこそ急に電話してごめん。もう高座は終わったんか?』

はい、と応じた守博はドキドキと胸が高鳴るのを感じた。高くも低くもない心地好い声が耳元で囁いているような感覚が、なんとも言えずこそばゆい。

「あの、何かありましたか?」

『いや、明日、僕休みなんや。久しぶりに餃子食べたいなあ思《おも》て。明日時間あるか？』

弥助の口調に憂《うれ》いは感じられない。安堵《あんど》しつつ、はいと守博はすぐに頷いた。明日は午前中に唄の稽古があるが、午後からは何の予定もない。夜まで一人で『愛宕山』の稽古をしようと思っていた。

「明日の午後は予定ありませんから、大丈夫です」

『そか。そしたら僕が大阪まで行くわ』

「え、俺が京都へ行きますから」

『前にも言うた思うけど、職場に近いといろいろ気ぃ遣うんや。せやから大阪のがええ。前に会《お》うたハンバーガー屋さんで待ち合わせしよか。時間は夕方の五時でええか？』

「あ、はい。弥助さんがそんでええんやったら。よろしくお願いします」

『うん、よろしく。あ、普通の庶民的な店に行くし、ラフな格好でええから』

「わかりました」

『そしたら明日、五時にな』

あっさり通話を切ろうとした弥助に、あの、と守博は声をかけた。

「気を付けて来てくださいね」

クス、と笑う声が聞こえてきた。

『ん、わかった。そしたらな』

今度こそ通話が切れる。っしゃ！　と守博は思わず拳を握りしめた。

今日の高座には『馬の尾』を上げた。短くて他愛《たわい》ない噺で、独り立ちした頃はよく高座に上げていた。それをもう一度稽古し直したのだ。守博にしてはそこそこうけた。

昨日、涼風に稽古をつけてもらったときもまあまあやなと言われた。そして嬉しいことに、九月のはじめに京都で行われる涼風の独演会への出演が決まった。もちろん代役ではない。守博が熱心に『愛宕山』を稽古しているのを見て、出てみるかと言ってもらえたのだ。

その上、弥助さんと会えるなんてええことずくめや。

寄席のロビーで揉めていた男も姿を見せていないようだし、よかった。

楽屋へ戻った守博は、素早く着替えた。今日はお囃子の出番はないものの、午後から大阪で学童保育主催の小さな落語会がある。昼食をとってから出かけても充分間に合う。

出番を控えた落語家たちにお先に失礼しますと頭を下げた守博は、弾むような足取りでロビーへ向かった。出口へ向かおうとしたが、ソファに腰かけている一人の男が目につく。

――弥助さんと揉めてた人や。

今日の夜席《よるせき》には涼風の出番がある。もしかしたら弥助に会えるかもしれないと思ったのか。

思わず足を止めると、男も守博に気付いた。じろりとにらまれて全身が強張《こわば》る。

ゆっくり立ち上がった男は、こちらに歩み寄ってきた。

前にロビーで会ったときも目が血走っていたが、今日も目が赤い。顔色も悪く、無精髭《ぶしょうひげ》も生えている。以前よりやつれた印象だ。

「今日は弥助は来んのか」

脅《おど》すように問われて、守博は顎《あご》を引いた。

この程度で怯んでどうする。

こちらは何も悪いことをしていないのだ。深呼吸をしてから口を開く。

「私は知りません」

「隠すなや。今日、萩家涼風の高座があるやろ」

「弥助さんにもお座敷がありますから、いつも見に来てはるわけやありません。それに、弥助さんはもうあなたとは会わんて言うてはったと思うんですけど」

両足にしっかりと力を入れ、できるだけ冷静に言い返す。視界の端に警備員の男性が顔をしかめるのが映った。男が以前、守博と揉めていた人物だとわかったのだろう。歩み寄ってこようとする彼に、大丈夫です、という風に頷いてみせると踏み止《とど》まってくれる。

守博の冷静な態度に苛立《いらだ》ったのか、男は眉を寄せた。

「おまえ、何やねん偉そうに。落語家として売れてるわけやないし、金があるわけでもないし、鈍《どん》くさそうやし、別にイケメンでもない。何が良うて弥助はおまえと付き合《お》うてるんや」

一言も言い返せなくて、守博は黙り込んだ。売れていないのも金がないのも鈍くさいのも、イケメンではないのも本当だ。

それをいいことに、男は勢いづいて続けた。

「俺と弥助は二年前からの付き合いや。あいつが遊んでる男だけやのうて女の中でも、よう会《お》うてる方やと思う。俺には金もあるしテクもあるからな。そんだけ弥助に気に入られてるってことや」

守博が黙ったままだったのは、男の自慢げな物言いに押されたせいではない。情報量が多くて混乱していたのだ。

遊んでる男と女て何や。テクて何や。

晩熟《おくて》で鈍感な守博にも、さすがにわかった。弥助は複数の男女と遊んでいる。そしてその遊びにはセックスも含まれている。否、セックスがメインなのかもしれない。

弥助が男との関係について説明したときに覚えた違和感の正体に、ようやく気付く。この男はただの友達ではなかったのだ。

全身から一気に血の気が引いたかと思うと、今度は芯から燃えるように熱くなった。心臓が激しく脈打っている。

——いや、でも、全部この男が勝手に言うてることや。

弥助本人に話を聞いたわけではないのだ。鵜呑《うの》みにはできない。

「そんでも俺も、弥助にとったらその他大勢にすぎん。弥助には本命がおる。そいつ以外は全員遊びや」

自嘲する口調で言った男を、守博は思わずじっと見つめた。

この人、恋愛の意味で弥助さんのことが好きなんや。

守博が反応したことで溜飲《りゅういん》が下がったらしく、男は唇の端を上げた。

「せやから、おまえも遊びや。どうがんばったって本命には敵《かな》わんのやから、さっさとあきらめろ」

守博はやはり何も言い返せなかった。

俺はたぶん、遊びですらない。

突っ立ったまま動かなくなってしまった守博に、少しは気が済んだようだ。男は頬を歪《ゆが》めて笑うと、ロビーを出て行った。

立っていることすら難しくなって、守博はふらふらとソファに腰を下ろした。息がうまくできなくて、苦しくてうつむく。全身は燃えるように熱いままだ。

俺は何にショックを受けてるんや……。

弥助が男女問わず複数の人間と遊んでいることか。それとも、彼に本命がいることか。

どちらも本当だとしても、守博と弥助が親しくするのに何の関係もない。

——いや、関係ないことない。せやかて俺は、さっきの男にめっちゃ腹立ててる。

弥助の本命にも激しく嫉妬している。知りたい。どこのどんな人間なのか。弥助が遊んでいるということは、付き合ってはいないのか。彼の片想いなのか。

刹那《せつな》、弥助の泣き出しそうな顔が脳裏に浮かんだ。同時に、自嘲するようにつぶやかれた言葉が耳に甦《よみがえ》る。

どうせ天地がひっくり返っても僕の願いは叶わんし。

弥助さんに本命がいてはるんは間違いない。

そして、その想いが報《むく》われないのも本当なのだろう。

視界に映った自分のスニーカーがじわりと滲んだ。止める間もなくぽとぽとと涙が落ちる。

――ああ、俺は、弥助さんが好きなんや。

友情や憧れではなく、恋愛の意味で。


あかん。全然寝れんかった……。

守博はふらふらとした足取りで、弥助との待ち合わせ場所であるハンバーガーのチェーン店へ向かった。

太陽は西に傾いているものの、気温は高いままだ。昨夜も熱帯夜だった。節約のためにクーラーをつけずにいたので、余計に眠れなかった。どうせ寝られないのなら稽古をしようと思ったが、少しも集中できなかった。そうして気が付けば朝になっていた。

午前中に唄の師匠に稽古をつけてもらったものの、今日は全然あきまへんな、とバッサリ切り捨てられた。すんませんと小さくなって謝ると、師匠はふと笑った。まあ恋をするんは悪いことやおへん。お気張りやす。ぎょっと目を見開いた守博に、彼女は悠然《ゆうぜん》と微笑んだ。

気張っても望みがない場合は、どうしたらええんやろ……。

弥助の本命がどんな人であれ、絶対に敵わない相手だと思う。本当に遊び相手が複数いるのだとして、彼らにも敵わないはずだ。

そうとわかっていても、弥助への想いは消えなかった。今日、会う約束を断ろうとも思わなかった。弥助に会いたい気持ちに変化はなかったのだ。

正直、今まで誰かを好きになったことはない。もちろん付き合ったこともない。テレビで見た女性アイドルをかわいいなあと思っても、彼女らに熱中するには至らなかった。女の子より落語。それが紛《まぎ》れもない本音だった。だから男を好きになったことよりも、落語と同じくらい一途に想える相手が現れたことの方が衝撃だ。

店の前に弥助の姿はなかった。なんとなくほっとしてしまう。

弥助の本命を知りたいが、聞くわけにはいかない。本当に遊んでいるのかも知りたいが、聞けない。

俺に、そんな権利はない。

それより何より、弥助に嫌われたくなかった。余計なことを聞くのなら会わないと言われたら困る。

あの男みたいに会《お》うてもらえんようになるんは嫌や。

「初蝉君」

ふいに声をかけられ、守博は飛び上がった。

「そんな驚くことないやろ」

笑いながら言ったのは弥助だった。今日も眼鏡をかけている。シャツにパンツという変哲もない格好だ。

ああ、やっぱり弥助さんはきれいや。

弥助はもともと地味ながら整った容貌だし、垢抜《あかぬ》けている。人目を惹《ひ》きつける艶《つや》っぽい存在感もある。

しかしそれ以上に、好きだから特別輝いて見えるのだと実感する。

「暑いのに待たして悪かったな」

「あ、いえ、俺もさっき来たばっかりなんで大丈夫です」

そうか？　と首を傾げた弥助は、じっとこちらを見つめてきた。

「顔色良うないけど、気分悪い？」

弥助が眉を寄せて覗き込んできて、守博は慌てて体を退《ひ》いた。

「いえ、だ、大丈夫です」

「ちゃんと寝てるか?」

「は、はい、寝てます」

こくこくと頷いてみせたが、弥助はひそめた眉を解《と》かなかった。

「君んち、クーラーある?」

「あ、あります」

「寝るときちゃんとクーラー使《つこ》てるか?」

「う……、はい……」

「嘘が下手《へた》やな。使《つこ》てへんやろ」

悪戯《いたずら》っぽく言われて、守博はまた、はいと頷いてしまった。

「電気代かかっても冷房入れて寝んとあかんで。熱中症になったら洒落《しゃれ》にならんからな。お互い体が資本の商売や。早《は》よ涼しいとこに移動しよ」

守博は歩き出した弥助の後に続いた。弥助が心配してくれるのが嬉しい。それなのに、胸の奥が痛いような不思議な感覚に襲われる。

人を好きになるて、こんなになるんやな……。

相手の表情の変化ひとつで幸せな気持ちになるし、その逆で泣きたい気持ちにもなる。

「何かあったか?」

守博の様子がおかしいことに気付いたらしく、横に並んだ弥助が気遣わしげに尋ねてくる。

太鼓持ちであるという以前に、もともと鋭い人なのだ。守博は慌てて首を横に振った。

「いえ、今日の午前中、唄の稽古に行ったんですけど、全然あきまへんなて言われて……」

「それ、愛宕山のためやろ。ちゃんと稽古してるんや。偉いな」

「や、偉いことは……。涼風師匠に紹介してもろたんですけど、なかなか難しいて……」

「そうか。最近高座を見に行けてへんのや。涼風師匠、元気にしてはるか？」

「はい。お元気です」

涼風の家に志津子がいることに、最近ようやく慣れてきた。式は挙げないが、親しい身内のみでお祝いの会はするという。今、志津子が案内を作っているところだ。涼風も笑顔でいることが増えた気がする。もっとも、稽古は変わらず厳しいが。

「元気にしてはるんやったら、よかった」

つぶやくように言った弥助を見下ろす。整った横顔には、涼しげな表情が映っていた。けどなんか、寂しいような感じがする……。

守博の視線に気付いたのか、弥助はこちらを見上げてきた。端整な面立ちにニッコリと笑みが浮かぶ。

「ここから二駅いったとこに、めっちゃ美味《おい》しい中華屋さんがあるんや。そこ行こ」

「あ、はい。楽しみです」

頷いた守博は、敢えて前を向いた。

弥助の中には、確実に苦しい想いが存在している。
けど、俺が弥助さんのためにできることは、たぶん何もない。
それが悲しくて辛《つら》かった。

五日後――五山《ござん》の送り火の翌日、守博《もりひろ》は弥助《やすけ》と会うために彼の行きつけのバーへ向かった。容赦《ようしゃ》なく照りつける太陽は西に吸い込まれそうになっているが、肌に纏《まと》わりつくねっとりした暑さは少しも緩《ゆる》まない。

昨日、一日だけ実家に帰ったものの、墓参りを済ませるとすぐ大阪へ戻った。今日の午後、地域の子供会からの依頼で、公民館で落語を披露《ひろう》しなくてはいけなかったのだ。子供にもわかりやすい『饅頭《まんじゅう》こわい』と『子ほめ』をやった。落語そのものが物珍しかったせいだろう、そこそこうけてほっとした。

弥助から連絡があったのは今日の昼間だ。ちょうど昼食をとっていたときに電話がかかってきたので、待たせずに出ることができた。前に飲んだバーで一緒に飲まないかと誘われ、二つ返事でOKした。

『こじま』に負けず劣らずの年季の入った中華料理店で一緒に食べた餃子は、ニンニクがきいていて美味《おい》しかった。もちろん弥助と話すのも楽しかった。弥助が話し上手で聞き上手なおかげだろう、共通の話題である落語のことや、太鼓持《たいこも》ちの仕事のこと等、話題は尽きなかった。ただ、次に会う約束はできなかった。勇気を振《ふ》り絞《しぼ》って、次は……、と言いかけたが、また連絡するわ、と笑顔で遮《さえぎ》られてそれ以上は強引に出られなかった。

——どうがんばったって本命には敵《かな》わんのやから、さっさとあきらめろ。

男が言った通りだと思う。けれど、あきらめられない。時間が経《た》っても、弥助への気持ちが薄れることはなかった。

見込みがないから気持ちが冷めた、てなれたらどんなにええか……。

冷めるどころか、今から弥助に会えると思うだけで気持ちが浮き立つ。

頬を緩めつつドアを開けると、冷えた空気が全身を包んだ。いらっしゃいませ、とマスターの声が迎え入れてくれる。

店内では数人の男女がボックス席でくつろいでいた。カウンターには既に弥助の姿があり、グラスを傾けている。その艶《つや》っぽい佇《たたず》まいに、ドキ、と心臓が跳ねた。

弥助は淡い色の着物を身につけていた。扇子《せんす》で軽くあおぐ仕種も洗練されている。

やっぱりきれいや。

守博の視線に気付いたらしく、弥助はふと顔を上げた。端整な面立ちにニッコリと笑みが浮かぶ。つられて笑顔になった守博は、彼の隣に腰を下ろした。

「お待たせしてすんません」

「いや、僕が早《は》よう来てしもたんや。何飲む？」

「そしたらビールを」

マスターに注文を告げた弥助は、グラスに口をつけた。改めて近くで見ると、顔色が良くない気がする。目許《めもと》にうっすら隈《くま》が浮いていた。うだるような暑さのせいだろうか。

それか、何かあったんやろか。

「弥助さん、あの、大丈夫ですか？」

「うん？　大丈夫やで。まだ全然酔うてへん」

「や、そうやのうて……。何かありましたか？」

守博の問いに、弥助は少し笑った。

「この前、僕が聞いたんと同じやな。真似っこか？」

「え、ああ、いえ、そんな……」

マネッコ、てかわいいな。

弥助っぽくない言いまわしに、頬が緩む。

いやいや、和《なご》んでる場合やない。

もう一度尋ねようとしたそのとき、お待たせしました、と守博の前にビールが置かれた。ありがとうございますと応じる。

「乾杯しよか」

「あ、はい。乾杯」

お互いにグラスを合わせる。ビールを一口飲むと、弥助が尋ねてきた。

「愛宕山《あたごやま》の稽古、順調か？」

「なんとかがんばってます。九月のはじめ頃に涼風《りょうふう》師匠の独演会があるんですけど、前座《ぜんざ》で出さしてもらえることになりました。愛宕山を、一回やってみるつもりです」

落語のことを聞かれたのが嬉しくて、守博は勢いよく話した。弥助はふうんと頷いてくれる。

「お囃子《はやし》さんと打ち合わせできたか？」

「一昨日《おととい》、初めて合わせたんですけど、難しかったです。お姐《ねえ》さんがうまいこと合わしてくれはって、なんとか形になりました」

そうか、と弥助は柔らかく相づちを打つ。

「お姐さんに嫌われんようにな。甘えすぎたらあかんで。太鼓と笛を担当してくれる噺家《はなしか》にもな」

「あ、はい、がんばります。あの、けど、師匠にも、今までよりはええ感じやて言うてもらえたんです。そんで、あの、もしお時間があったら、見に来てもらえませんか？」

遠慮がちに、しかし期待を込めて誘うと、弥助は首を傾《かし》げた。

「最近、ありがたいことに忙しいてなあ。長い時間空けるんは難しいかも」

「そ、そうですか……」

守博ががっくりと肩を落としたちょうどそのとき、バーのドアが開いた。入ってきたのはシャツにデニムのパンツという格好の男——弥助と揉《も》めていた男だ。

守博はぎょっと目を見開いた。弥助も彼に気付いたはずだが反応しない。ただ静かにグラスを傾ける。

カウンターの中にいたマスターは苦虫《にがむし》を嚙《か》み潰《つぶ》したような顔になった。もしかしたら、男が弥助と揉めていることを知っているのかもしれない。

ドア側に腰かけていた守博は、咄嗟《とっさ》に弥助をかばうように胸を張った。

男はほんの一瞬だけ守博に視線を投げたものの、すぐ弥助に視線を戻す。そして一直線に彼の傍に寄ってきた。

「俺には会わんのに、こいつには会うんやな」

「あんたとは会う約束してへんし。何回も言うたけど、約束を守らへん人とはこっちも約束できひん」

素っ気ない物言いに、男は言葉につまった。苛立たしげに唇を嚙みしめる。

ハラハラしながら見守っていると、男にじろりとにらまれた。が、男はまた弥助に視線を移す。

「おまえも未練がましいな。こいつに会《お》うてるんも、あの落語家の弟子やからやろ。どんなに弟子に取り入ったとこで意味ない。今度結婚しはるて聞いたしな」

皮肉っぽい口調に、守博は瞬《まばた》きをした。

あの落語家て涼風師匠のことや。

涼風師匠の弟子やから、俺に会《お》うてくれてはる？　その通りや。師匠がいてはらへんかったら、弥助さんと知り合えんかった。

しかし、涼風の結婚の話が出てくる理由がわからない。

肝心《かんじん》の弥助は、やはり何も反応しなかった。ゆっくりグラスを持ち上げて水割りを口に含む。

平然とした態度が気に入らなかったらしく、男は更に絡《から》んだ。

「ほんまはジジ専のくせに若い奴とばっかり遊ぶんは、年寄りやとあの落語家を思い出すからか？　それとも好きになるんはジジイでも、体は満足できんからか」

「シンさん」

咎《とが》めるように呼んだのはマスターだった。弥助は顔色ひとつ変えていない。

頭のどこかで、空まわりしていた歯車が、カチ、とかみ合った音が聞こえた気がした。

なぜ涼風に弟子入りしなかったのかと尋ねた後の、短い沈黙。涼風の結婚の話をした後の、不自然な沈黙。憂《うれ》いを帯《お》びた表情。

無言詣《むごんもうで》を邪魔されたときの、今にも泣き出しそうな顔。

どうせ天地がひっくり返っても僕の願いは叶わんし。

──弥助さんの本命は、涼風師匠や。

「何とか言えや」

男ににらみつけられた弥助は、軽く首を傾げた。

「別に、何も言うことない」

「……こいつに、全部ばらしたんやぞ」

「そやな、ばれた。そやからて、縁が切れた人に言うことはないわ」

男と視線を合わせることすらせず、弥助は冷めた口調で言った。

男は悔しげに顔を歪《ゆが》めた。かと思うと勢いよく踵《きびす》を返す。足元がふらついたが、カウンターに手をついてどうにか転ばずに済んだ。そのまま振り返らずに店を出て行く。

守博は思わず弥助を見た。彼はやはり表情を動かすことなくグラスを弄《もてあそ》んでいる。

「……あの、放っといてええんですか?」

「ええよ。なんぼヤケになっても言いふらしたりはせんやろし。まあ僕が遊んでるて聞いたとこで、誰も騒ぎ立てたりせんけどな。色っぽい噂がひとつもない方が、逆に心配されるわ」

落ち着いた物言いだった。マスターを見遣ると彼は小さく頷く。弥助が言っていることは本当らしい。

我知らずほっと息をついた守博は、今更のように弥助の本命を知った衝撃が全身に広がるのを感じた。冷房がきいた店内に入って一度は冷えた体が、芯から焦《こ》げるように熱くなる。それなのに腹の底はひどく冷たい。

弥助が無言詣をしたのは、涼風が近いうちに結婚するという噂を耳にしたせいだ。絶対に自分のものにはならない人。それでも好きな人。——せめて、誰のものにもなりませんように。

守博に会ってくれていたのも、あまり冷たくすると、そうした態度が涼風に伝わるのを恐れたのかもしれない。涼風に悪い印象を持たれるのが嫌だったのだ。

「君も、帰りたかったら帰ってええで」

ふいに言われて、守博はハッとした。いつのまにかうつむけていた顔を上げて弥助を振り向く。彼は頰を歪めるようにして微笑んだ。

「僕も君と会うんは誰もつかまらんときの暇つぶしやったし、ここらが潮時《しおどき》や。ほら、早《は》よ帰り」

意地の悪い口調だったが、守博は強く首を横に振った。

「か、帰りません」

「なんでや。気色悪いやろ。帰ったら涼風師匠にもばらしてええし。僕が遊んでることも言うてええから」

「そんなっ、そんなことしません！」

守博は思わず怒鳴った。ボックス席にいた客たちがこちらを見たのがわかる。

咄嗟に口を噤《つぐ》んだものの、息がつまるような感じがして奥歯を嚙みしめた。そうしないと涙があふれてしまいそうだったのだ。

なんで俺が泣くんや。泣くな。

今、泣きたいのは弥助だ。勝手に想い人をばらされたのだから。

「……俺は、言いません。誰にも、言いません」

守博はうつむいたまま、絞り出すように言った。

そうか、と弥助はあっさり応じる。

「礼は言わんで。僕はばらしてもかまわんのやからな」

「礼なんか……」

ばらされてもかまわないという言葉が強がりだとは思わなかった。きっと今の弥助の本音だ。

涼風は弥助が太鼓持《たいこも》ちとして独り立ちした頃から贔屓《ひいき》にしていたらしい。二人の付き合いが始まって、恐らく二年か三年ほど経っている。長い。長すぎる。

いっそ想いがばれて嫌われてしまえばあきらめられる。そこまで思いつめているのではないか。

弥助さんを助けたい。

熱い想いが込み上げてきて、守博は拳《こぶし》を握りしめた。

「お、俺に、できることがあったら、言うてください。俺、何でもしますから」

掠《かす》れた声で言うと、うーんと弥助はうなった。

「別にないなあ。そもそも君、できることそんなないやろ。噺家やのに落語ヘタやし、おもしろいことひとつも言えんし、金もないし」

守博は言葉につまった。弥助に誇《ほこ》れるようなことがひとつでもあれば、遊ぶのはやめてください、師匠ではなく俺を好きになってくださいと言えたかもしれない。

けど、今の俺には何もない。

噺家ではあるが、弥助が言ったように、堂々と胸を張れるような芸人ではない。

黙り込んでいる間に、奥のボックス席にいた男女のグループが店を出た。ありがとうございました、というマスターの声が聞こえてくる。店内は守博と弥助、マスターの三人だけになった。

「あ、君にできること、ひとつだけあったわ」

弥助がふいに思い付いたように言う。

守博はうつむけていた顔を跳ね上げた。

「なっ、何ですか」

「さっきの男の代わりや。それくらいやったらできるやろ」

「代わりて……」

どういう意味ですか、という続きの言葉を飲み込んだのは頬を掌《てのひら》で覆《おお》われたせいだ。驚いて目を見開いている間に弥助の方を向かされる。刹那《せつな》、端整な面立ちが目の前に迫った。

弥助さん、と呼んだ声はその弥助の唇に奪われた。触れるだけでなく、濡れた感触が躊躇《ちゅうちょ》することなく口内に入ってくる。

「ん、う」

キスをするのは初めてだ。淫《みだ》らな愛撫に翻弄《ほんろう》される。

めちゃめちゃ気持ちええ……。

にもかかわらず全く高ぶらない。それどころか、胸の底に空いた穴から冷たい風が吹き上がってくるような感覚に陥《おちい》る。どうしようもなく悲しくて、寂しくて苦しい。

ちゅ、と微《かす》かな水音をたてて唇が離れた。目の前にある弥助の顔に、呆気《あっけ》にとられたような表情が浮かぶ。

「……なんで泣いてんのや」

え、と守博は声をあげた。顎《あご》に滴《したた》り落ちた涙が膝の上に落ちて、初めて自分が泣いていることに気付く。

「あ、す、すんません……」

「泣くほど嫌やったんか?」

「いえ、そんな……、そんなわけないです……」

慌てて首を横に振ったものの、涙は止まらない。

「すんません……、今日は、帰ります……」

守博は手の甲で涙を拭《ぬぐ》いつつ、ポケットを探って千円札を取り出した。それをカウンターの上に置いて立ち上がる。恥ずかしくて情けなくて顔を上げられない。

店の外へ出るときに気ぃ付けて帰れよと声をかけてきたのは、弥助ではなくマスターだった。

弥助の声は聞こえてこなかった。


「うわっ！　びっくりした、初蝉《はつぜみ》か」

大きな声を出したのは兄弟子《あにでし》、萩家涼水《りょうすい》だ。

「兄さん、おはようございます……」

壁際の隅に置かれた衣紋掛《えもんか》けに隠れるように座っていた守博は、しおしおと頭を下げた。

「何やねん、きもっ、こわっ。暗いの通り越して妖怪壁男みたいになっとるやないか」

あきれたように眉を寄せた涼水に、はあと力なく頷く。寄席《よせ》の出番が迫《せま》っているが、正直落語どころではない。

強面《こわもて》のでかい男が、キスされて泣くてどうやねん……。

弥助にキスをされてから三日が経った。弥助からの連絡はない。

弥助は恐らく守博に嫌われるために——否、追い払うためにキスをしたのだ。涼風への想いを知られてしまった以上、付き合えないと思ったのか。あるいは、自暴自棄になったのか。それとも、守博に何でもすると言われたのが嫌だったのか。いずれにせよ、弥助はもう守博と会うつもりはないのだろう。

このまま会えんなんて嫌や。

しかし、連絡する勇気はなかった。しつこい奴やと余計に嫌われるかもしれない。弥助は守博と会うのは暇つぶしだと言った。本心だとは思いたくないが、守博にそれほど関心がなかったのは事実だろう。偶然無言詣を邪魔してしまったことで、たまたま交流が続いただけだ。

だからといって、弥助への想いを消すことはできなかった。弥助の泣き出しそうな顔を目の当《ま》たりにしていたせいかわかっても、不思議と嫌えなかった。弥助が複数の人と遊んでいたともしれない。逆に自棄《やけ》になって危ない人と遊んでいないかと心配になった。

弥助さんを支えたいし助けたい。その想いは揺らがない。

けど俺には、何もできることがない。

「最近ええ感じの暗さになってきたのに、全然ええ感じとちゃうやないか」

バッグを下ろした涼水に言われて、はあとまた力なく応じる。

「ええ感じの暗さて、どういうことでしょうか……」

「行灯《あんどん》の明かりがぼおっと灯《とも》ってるくらいが、ええ感じの暗さや。百物語をするときでも蠟燭《ろうそく》はつけてしゃべるやろ。けど今のおまえの暗さは真っ暗闇や。控えめに言うても怖い」

「すんません……」

「謝られてもな。体調でも悪いんか？」

涼水が心配そうに尋ねたそのとき、おはようございます、と涼水の背後から声がかかった。顔を見せたのは栗梅亭真遊《くりうめていしんゆう》だ。楽屋に来たところらしく、Tシャツにパンツというラフな格好である。

守博は慌てて姿勢を正しておはようございますと頭を下げた。涼水は、おう、おはよう、と気軽に応じる。

守博と涼水の横に腰を下ろした真遊は、人目を惹《ひ》く華やかな面立ちに真剣な表情を浮かべた。

「この前、初蝉さんの蛇含草《じゃがんそう》見せてもらいました」

「えっ、な、なんでですか」

本当に驚いたので大きな声が出てしまった。真遊も驚いたらしく、目を丸くする。

「なんでて、真寿市《ますいち》が初蝉さんの落語が変わったて言うてたんです。ぜひ見てみろて言われて、見せてもらいました」

ええっ、と声をあげた守博は、無意識のうちに壁にすり寄った。

「ま、真寿市師匠がですかっ。いや、そんな、言うほど変わってませんし、真寿市師匠にも、真遊さんにも、わざわざ見てもらうようなもんでは……。あ、それに、私なんかに敬語使《つこ》てくれはれんでええです。年も下やし、キャリアも浅いし、人気も全然ないんで、はい」

つっかえつっかえ必死で言うと、真遊は微笑んだ。間近で見る笑顔は衝撃的なほど輝いていて、思わず目を細めてしまう。

「そしたら敬語はやめる。けど、初蝉君の高座《こうざ》はほんまに興味深かった。あんな物悲しい落語は見たことがない」

「物悲しい落語……」

うんと真遊は真面目な顔で頷いた。

「地味とは違うし退屈とも違う。腹を抱えて笑うようなおもしろさとも違う。滑稽《こっけい》ていう表現がぴったりやけど、そこに人間の悲しさがある。独特や。たぶん年を重ねたら重ねただけ味が出ると思う。羨《うらや》ましい」

はあ、と守博は頷いた。

真遊さんが俺を羨ましがるて、そんなことあるか？

信じられなくて、どんなリアクションをしていいかわからない。壁に懐《なつ》いたまま曖昧《あいまい》な笑みを浮かべると、涼水に背中を叩かれた。

「独特ていうことは、誰にも似てへんていうことや。僕もおまえの落語は独特やと思う。東にも西にもおまえみたいな噺家はおらん」

守博は涼水と真遊を交互に見つめた。二人は真面目な顔をしている。

涼水は辛口だが厭味《いやみ》を言う人ではない。だからといって後輩相手に世辞を言う人でもない。

真遊もそうだ。本当に認めてくれている。じんと胸が熱くなった。

「あの、あ、ありがとうございます」

崩れるように頭を下げると、また涼水に背中を叩かれた。

「何があったか知らんし、どんだけ暗《くら》なってもええけど、高座だけはないがしろにすなよ。おまえは噺家なんやからな」

背筋を正した守博は、はい、と真剣に返事をした。

そうや。俺は噺家や。俺には落語しかない。

しかし、落語だけは確実にある。

まだまだ弥助に誇れるようなレベルではないが、今、自分にできることをやるしかない。


涼風《りょうふう》の独演会が行われたのは、京都にある劇場の小ホールだった。チケットはすぐに完売したらしい。

舞台袖《そで》に立った守博《もりひろ》は、大きく深呼吸した。会場には隙間なく客が入っており、熱気が伝わってくる。皆、涼風の落語目当ての客だ。誰も初蝉《はつぜみ》には期待していない。良くておまけ程度だろう。それでも師匠の評判を落とすような、下手な落語はできない。

弥助《やすけ》とバーで別れてから二十日ほどが経った。あれから一度も彼に会っていない。弥助から連絡もなかった。

それでもやはり、弥助への気持ちは少しも変わらなかった。優しいところも意地悪なところも、プロ意識が高いところも好きなままだ。

こちらから連絡を入れたのは一度きりである。涼風の独演会に来てほしいと置屋《おきや》に電話を入れた。置屋にチケットも送った。もっとも、電話に出たのは置屋のお母さんで弥助とは話せなかった。ちゃんと伝えときますよって、と言ってもらったが、来てくれるかどうかはわからない。

今日まで寝る間も惜しんで稽古した。三味線を弾いてくれるお姐《ねえ》さんや、太鼓と笛を担当してくれる落語家と鬱陶《うっとう》しがられるくらい打ち合わせを重ねた。それでもまだ納得がいく『愛宕《あたご》山《やま》』はできていない。

弥助さんが見てくれはっても、見てくれはらへんでも、今やれることをやる。

守博は脇に控えているお囃子《はやし》さんたちに頭を下げた。三人は頷いてみせてくれる。

ホール内が暗くなった。時間がきたようだ。萩家《はぎや》初蝉の出囃子《でばやし》が鳴る。噺家は高座《こうざ》に上がる際、各々《おのおの》異なるお囃子を鳴らしてもらう。とはいえ見習い期間を終えたばかりの噺家は、自分の出囃子を持てない。いわゆる前座の期間をすぎてから持つことができる。

まだ決まってそれほど間がない初蝉の出囃子は、落語の世界を教えてくれた亡き祖父が好きだった古い流行歌の一節を、ジャズ風にアレンジした曲である。

よし、行くぞ。

深呼吸をした守博は、ライトに照らされた高座へと足を踏み出した。


守博はぽかんと口を開けて天井を見上げた。四畳半ほどの和室だが、大きな鏡が設《しつら》えられた個室の楽屋を用意してもらったので一人きりである。クーラーも効いていて快適だ。楽屋へ戻ってきてから時間が経っているのに高座着《こうざぎ》を着たままなのは、着替える気力が残っていなかったからだ。それくらい今日の高座には全力を出した。

やれることは、やった。

春の野辺《のべ》の明るい雰囲気より、大阪を追われた太鼓持《たいこも》ちの哀《あわ》れの方が勝ってしまった。唄も下手《へた》でいいとはいえ、下手すぎた。かなりお囃子さんたちに助けられた。後半は前半ほど悪くなかったと思うが、バタバタやりすぎたと思う。

けど、今の俺のベストやった。

季節はずれの演目だったのに、今までで一番多く拍手をもらえた。萩家涼風の弟子だから温かい目で見てもらえたことも大きい。それでも確かな手応えがあった。

噺家になってよかった……。

ここまでできたのは、間違いなく弥助のおかげだ。弥助に誇《ほこ》れるような落語をしたいと思ったからこそ、今まで以上に努力できた。

弥助が来ていたかどうかはわからなかった。小ホールとはいえ寄席《よせ》に比べるとかなり広かったので、客の全てを把握できなかったのだ。もっとも常になく緊張していたせいで、客席を見わたす余裕はなかったのだが。

見に来てくれはらへんかったとしても、弥助さんを好きになってよかった。

そろそろ着替えるか……。

ゆっくり立ち上がったそのとき、コンコン、と遠慮がちにノックの音がした。はい、と気の抜けた声で応じると、静かにドアが開く。

「……こんにちは」

現れたのは、スラリとした細身の体に白いシャツとグレーのパンツを纏《まと》った男——弥助だった。

「あ……！」

ばつが悪そうな、それでいてしょげたような弥助の顔を前にして、守博はよろけた。ドン！と壁に肩がぶつかり、いて、と声をあげてしまう。

うわ、めっちゃカッコ悪い。

――今更か。カッコイイところなど、自分にははじめからひとつも備《そな》わっていない。出番が終わってからかなり時間が経っているのに、守博が高座着のままであることに気付いたのだろう、弥助は眉を寄せる。

「大丈夫か？　誰か呼んでこか？」

「だ、大丈夫です、ほんまに、大丈夫ですから」

守博はなんとか体勢を立て直し、弥助に向き直った。

「き、来てくれはったんですね。ありがとうございます、嬉しいです。あ、どうぞ、あがってください」

何度も頭を下げながら促《うなが》すと、いや、ここで、と弥助は小さく応じた。

「こっちこそ、チケットありがとう。連絡せんでごめんな」

「いえ、そんな、来てくれはっただけで、もう……」

今更ながら胸が熱くなった。同時に、目の奥も熱くなる。たちまち視界が滲《にじ》んで、慌てて目許《めもと》を拭《ぬぐ》った。

「今日の愛宕山、よかったわ」

「ほ、ほんまですか？」

「うん。前に見せてもろた千両《せんりょう》みかんとは全然違《ちご》た。君にしかできん落語やったと思う」

「あ、ありがとうございます……！」

師匠や兄弟子《あにでし》に褒《ほ》められるのは、もちろん嬉しい。同じ噺家や客に褒められるのも嬉しい。けど、弥助さんに褒められるんは特別や。

自分という人間を認められた気持ちになる。好きになってもらえなくても、認めてもらえるだけで嬉しくてたまらない。

何を思ったのか、弥助はふいに守博をまっすぐ見つめた。我知らず見つめ返すと、彼はやおら頭を下げる。

「この前は、悪かった。君は何も悪《わる》うなかったのに八つ当たりした。ごめん」

「いえっ、それは、気にせんといてください。涼風師匠の弟子ていうだけの俺の相手なんか、面倒でしたよね。無言詣《むごんもうで》も邪魔してしもたし、すんませんでした」

慌てて謝ると、弥助は眉を寄せた。

「あんなひどいこと言うたのに、怒ってへんのか？」

「それは、あの、ショックやなかった言うたら、嘘になりますけど、全部ほんまのことやったし……。せやから、弥助さんが気にしはることないです」

頷いてみせた守博に、弥助はあきれたような、それでいて泣き出しそうな顔をする。

「君がそんなやから、僕は君に甘えてしまうんや」

「えっ、甘えてはったんですか？　俺に？」

驚いて尋ねたそのとき、コンコンとドアがノックされた。弥助はハッとしたように顔を引きしめて口を噤《つぐ》む。

弥助の答えが聞けなかったことを残念に思いつつ、はいと返事をするとドアが開いた。今度顔を覗かせたのは、高座着を身につけた涼風だ。

「あ、師匠。お疲れ様です」

守博はペコリと頭を下げた。まだ独演会が終わる時刻ではない。恐らく仲入《なかい》りの時間なのだろう。お疲れさんと応じてくれる。

あ、弥助さん師匠と鉢合《はちあ》わせしてしまわはった。

二人は狭い入口に立っている。距離が近い。

焦って弥助を見ると、師匠も彼に視線を移した。

「弥助も来てくれたんやな。ありがとう」

いえ、と控えめに応じた弥助は微笑んだ。

「師匠、ご結婚おめでとうございます。直接お伝えするんが遅《おそ》なってすんません」

「いやいや、こっちこそ祝い贈ってくれておおきに。大事に使わせてもらうわな」

どうやら顔を合わさないまでも、贈り物や手紙でのやりとりはあったらしい。

弥助さん、師匠の結婚を受け入れられたんやろか。

弥助の整った面立ちに浮かぶ柔らかな笑みからは窺い知ることができなかった。もっとも、受け入れられなくても受け入れるしかないのだが。

弥助、と涼風が呼ぶ。

「長いこと、ありがとうな」

染み入るような優しい物言いに、弥助は目を見開いた。涼風は穏やかに弥助を見つめている。

鈍いと自覚している守博にもわかった。

師匠は、弥助さんの気持ちを知ってはったんや。

知っていて知らないふりをしていた。応えられないから黙っていた。

みるみるうちに弥助の瞳が潤《うる》んだ。それを隠すように無言で頭を下げる。

弥助さん、まだ師匠が好きなんや……。

当たり前か。一ヵ月ほど前に弥助を好きになった守博が、彼に他に好きな人がいると知ってもあきらめられなかったのだ。長く片想いをしていた弥助が、そう簡単に想いを消せるわけがない。

「初蝉」

涼風に呼ばれて、ひたすら弥助を見つめていた守博は我に返った。はい！　と返事をして師匠に向き直る。

涼風は優しくも厳しい眼差しを向けてきた。

「今日の愛宕山よかったぞ。今のおまえにできる、最高の落語やった」

「あ……、ありがとうございます！」

守博は崩れるようにその場に膝をつき、両手をついて頭を下げた。これほどストレートに褒められたのは初めてだ。歓喜と感動で胸がいっぱいなのに、なぜかひどく恐ろしいような感じがして全身が震える。

「ただ、さっき高座に上がったおまえは、今はもうおらん。明日から、また精進《しょうじん》せえよ」

はい！　と守博は頭を下げたまま返事をした。師匠が頷く気配がする。続けてドアが開く音がした。楽屋を出て行ったようだ。

大きく息を吐く音が聞こえてきて、守博はそろりと顔を上げた。

弥助はまだそこにいた。うつむいているが、泣いてはいないようだ。

守博はほっと息をついた。同時に、腹の底から熱い想いが込み上げてくる。とても自分の中に留《とど》めておくことができなくて、弥助さん、と呼んだ。顔を上げた弥助に、迷うことなく告げる。

「好きです」

声はみっともなく掠《かす》れた。

弥助は瞬きをする。

「好きです。俺は、あなたが好きです」

一度言葉にすると、体中に満ちた想いは次々に口をついて出た。

何度か瞬きをくり返した弥助は、あきれたように苦笑する。

「なんや、いきなり」

「いきなりやないです。出会《でお》たときから好きでした。けど、言えませんでした。俺には、弥助さんに好きになってもらえるようなとこはひとつもない。落語しかないのに、その落語もまともにできん。それでも、好きです。好きなんです。すんません」

守博は深く頭を下げた。たちまち沈黙が落ちる。弥助がこちらを見ているのがわかった。何を言われるのかと全身を硬くする。拒絶されるか、冷たくあしらわれるか。罵《ののし》られるか、無視されるか。

しかしどれも違った。弥助はゆっくりと尋ねてくる。

「なんで謝るんや」

「お……、俺に好かれても、弥助さんは迷惑でしょう……。そんでも、好きな気持ちは、消せへんから……。すんません」

先ほどまでの勢いはどこへやら、下を向いたままぼそぼそと謝る。

すると小さく息を吐く音が聞こえてきた。

「アホやなあ。誰も迷惑て言うてへんやろ」

「えっ……」

守博は勢いよく顔を上げた。こちらを見下ろす弥助の端整な面立ちには、泣き笑いのような表情が浮かんでいる。

ズキ、と胸が痛んだ。否、痛いのではなく熱い。熱すぎて痛く感じる。

それは生まれて初めて感じる、たまらない愛《いと》しさだった。

弥助はまっすぐに守博を見つめたまま口を開く。

「僕はまだ、涼風師匠が好きや。そんでも今、君に甘えたいと思う。狡《ずる》いし、自分勝手やし、自己中や。そんでもええか？」

はい！　と守博はすぐに返事をした。

「俺でええんやったら、いくらでも甘えてください！」

本心だった。弥助が必要としてくれるのなら何でもする。

弥助は驚いたように目を丸くした後、やはり泣くのを堪《こら》えるように笑った。


「もうすぐ冷房きいてくると思うし、そこら辺に適当に座って」

弥助に促され、はいと返事をした守博はぎこちなく革のソファに腰かけた。

弥助が住むマンションはモダンな建物だった。お茶屋のような日本風の家を想像していたので驚いた。内装もインテリアも洋風で、雑誌に出てくるお洒落《しゃれ》な部屋のようだ。それに、なんだか良い匂いがする。

どんな部屋でも、弥助さんの部屋ていうだけで緊張するんやけど……。

弥助と共に涼風の独演会を最後まで見た後、改めて二人で師匠に挨拶《あいさつ》をした。涼風の楽屋を出ると、弥助に彼のマンションへ来ないかと誘われた。今までのこと、きちんと話すから、と弥助は言ってくれた。

「ビールしかないけどええか？」

キッチンから戻ってきた弥助がビールの缶を渡してくれる。緊張で細かく震える手をどうにか抑え、ありがとうございますと礼を言って受け取った。

隣に腰かけた弥助の手にもビールの缶が握られている。プルトップを開けた彼にならって、守博もプルトップを引いた。いただきますと断って一口飲んだビールは、ほとんど味がしない。

同じくビールを一口飲んだ弥助は、小さく息をついた。そしておもむろに話し出す。

「僕が涼風師匠に弟子入りせんかったんは、噺家になる前から師匠が好きやったからや。もともと好きになるんは年上の男の人が多かったから、弟子入りして傍《そば》で暮らしたら、もっと好きになってしまうと思《おも》た」

涼風は守博の目から見ても、上品でお洒落《しゃれ》で粋だ。色気と貫禄《かんろく》もある。弥助が好きになるのも無理はない。

せやからて、何とも思わんわけやないけど……。

守博がムッとしているのを察したのか、弥助は悪戯《いたずら》っぽく笑った。

「太鼓持《たいこも》ちになって、涼風師匠がお座敷に呼んでくれはったときはめっちゃ嬉しかった。お座敷でお会いするくらいやったら、そんな好きにならんやろうて思たけど、甘かった。直接お会いした涼風師匠は、想像してた以上に器《うつわ》が大きいて懐の深い人で、どんどん好きになってしもた」

弥助のどこか甘い口調を聞いているうちに、守博はどんどん落ち込んできた。涼風に敵《かな》わないことは最初からわかっているが、自分には本当に何もないのだと痛感する。

「そんでも絶対に応えてもらえへんことはわかってた。涼風師匠はノンケやから、抱いてもらえへんのもわかってた」

ごふ、と守博はビールにむせた。ゴホゴホと咳《せ》き込むと、大丈夫か？　と弥助が尋ねてくる。涙目で頷きつつ視線を向けた先で、弥助はニッコリ笑った。

「しゃあないし、後腐《あとくさ》れのない奴と遊ぶことにした。お互いに深入りせんこと。僕が嫌やて言うたらやめること。会いたないときは会わんこと。そういう約束で、よその街の芸妓《げいこ》やら、お座敷で知り合《お》うた独身のお客さんやら、まあ身元のはっきりした人の中から、いろいろな」

「けど、何人かは弥助さんに本気になってはったと思いますけど……」

どうにか咳《せき》を止めた守博はつぶやいた。少なくとも、バーのマスターにシンさんと呼ばれていた男は本気だった。

弥助はうんと頷いて苦笑した。

巻頭カラー
志水ゆき
［花鳥風月］
口唇を重ねた
吉《き》利《り》谷《や》と財《ざい》前《ぜん》は……!!
カラーつき最終回
どうやったら本物の恋人になれる……!?
雨隠ギド
Gido Amagakure
［僕の完璧な恋人］
カラーつき読み切りシリーズ
藤男《ふじお》とエッチはした美春《みはる》だけど……!?
akabeko
［春うらら好色男の宿］
相馬《そうま》は周《あまね》の本当のキモチに気づけるのか!?
Keiko Kinosh
カラーつき最終回
木下けい子
［東オトコ京オト
Dear+ ディアプラス 2019 10
恋愛至上主義★ボーイズラブマガジン!!
9.14[Sat.] on sale
毎月14日発売／予価：本体650円+税
表紙イラスト：須坂紫那
※予告は一部変更になることがあります。
会川フゥ／阿部あかね／金井 桂／左京亜也
佐倉ひつじ×鳥谷しず／須坂紫那／立野真琴
夏目イサク／待緒イサミ／松本 花／間宮法子
三池ろむこ×砂原糖子／南月ゆう／ユキムラ
リレーエッセイ 「モエハラ☆」山田パピコ
希望者はもれなくもらえる♥全プレペーパー
DEAR+ Paper Collection 阿部あかね

「確かに、肌を合わせたら情が湧くこともある。やばい思たら離れるようにしてたんやけど、シンさんはちょっと想定外やった。事業がうまいこといかんようになっておかしいなってしまわはってな。僕も片想いが長《なご》うて疲れてきてたとこへ、涼風師匠が結婚しはるていう噂を聞いてちょっと自棄《やけ》になってた。そのせいでシンさんに対する態度が雑になってたかもしれん。そやから僕も悪かったんやけど」

シンさんの悔しげな顔が思い出された。仕事がうまくいかなくなって、弥助に依存してしまったのかもしれない。だから深入りしないという約束を破ってしまったのだ。

「シンさんとは、別れられたんですか」

「ああ、なんとかな」

ほっと息をついた守博は、改めて隣に腰かけた弥助を見つめた。

「遊ぶんは、もうやめはった方がええと思います。相手の人が本気にならはったら、その人がかわいそうやし、弥助さんにとってもええことない。危ないです」

守博の言葉に、弥助は瞬きをした。かと思うと、堪えきれなくなったように笑い出す。

俺、そんな変なこと言うたやろか……。

「君はおかしな奴やな。僕が誰かと遊ぶんが嫌やから別れてほしいとは言わんのか」

「えっ、あ、もちろん、それもありますけど……。弥助さんに、危ない目に遭《お》うてほしいないから……」

口ごもると、弥助は悪戯っぽい笑みを浮かべた。

「ちゃんとコンドームつけてセックスしてるし、定期的にチェックもしてるから大丈夫や。病気は持ってへん」

「そっ、そういう意味の危ないやのうて……」

真っ赤になった守博に、弥助はまた笑った。柔らかい笑みを浮かべたままこちらを見る。

「最初は君が言うた通り、涼風師匠の弟子やからしゃあない思て相手してたんや。不器用で鈍《どん》くさいけど、落語に一生懸命でまっすぐなとこはよかった。思いやりがあって優しいて、体張って庇《かば》ってくれる男気もあって、ちょっとずつええコやなて思うようになった」

「コって……」

子供扱いされている気がして眉を寄せると、弥助は目許を緩めた。見つめてくる眼差しはいつになく優しい。

「さっきも言うたけど、もともと僕は年上の人が好きなんや。君みたいな年下の男を好きになったことないから、恋愛の意味で好きなんかどうか、自分でもはっきりせん。そんでも君の気持ちが迷惑やとは思わん」

「はっきりせんて、そんな……」

本音を話しているとわかるさばさばとした物言いに、守博は肩を落とした。

クス、と弥助は悪戯っぽく笑う。

「そんな落ち込むことないやろ。君、僕が太鼓持ちやていうこと忘れてへんか？　ここで君が好きやて言う方が僕にとったらよっぽど簡単なんや。お世辞は太鼓持ちの十八番やからな。本心を話す方がハードルが高いんやで」

笑いを含んだ声で言われて、守博は弥助を見遣った。端整な面立ちにはおもしろがる表情が浮かんでいる。

確かに今、君が好きやと言われても信じられなかっただろう。弥助が好きなのは涼風だ。本音を聞かせてもらえたこと自体が、弥助に受け入れられている証拠である。

守博は気を取り直して姿勢を正した。大きく息を吐き、弥助をまっすぐに見つめる。

「これから、俺を好きになってくれますか？」

弥助は視線をそらすことなく、きちんと正面から見つめ返してくれた。

「君こそ、僕でええんか？　男やし、大分《だいぶ》年上やで」

「男とか年上とか関係ないです。弥助さんがええんです。弥助さんに好きになってもらいたい。俺、早《はよ》よう一人前の噺家になれるようにがんばりますから、見ててください」

想いを込めて言うと、弥助は眩《まぶ》しげに目を細め、ん、と頷いた。

じんと胸が熱くなる。好きかどうかわからなくても傍《そば》にいてくれるのだ。

顔中に笑みが広がるのを感じていると、弥助はおもむろに眼鏡をはずした。ビールの缶と共にテーブルに置き、守博のビールの缶も取り上げてテーブルに置く。そして何の前触れもなく守博の首筋に手を伸ばした。

ビールの缶で冷えた指先の感触に、思わず首をすくめる。

「ちょ、弥助さ……」

呼んだ唇を塞《ふさ》がれた。以前、バーでキスをされたときと同じで躊躇《ちゅうちょ》することなく舌が差し入れられる。

「っ、ん……」

喉《のど》の奥から声が漏れてしまったのは、以前のキスよりも更に官能的な舌の動きのせいだ。丁寧に、しかし情熱的に守博が感じる場所を探る。反応を返した場所を執拗《しつよう》に舐《な》められる。淫《みだ》らな水音が漏れ、あっという間に体が熱をもった。

めちゃめちゃ気持ちええ……。

二度目のキスにひどく興奮する。悲しくもならないし虚《むな》しくもならないのは、弥助の気持ちが少しはこちらに向いているとわかっているからだ。

ぎこちないながらも夢中で口づけに応えていると、弥助はキスをしたまま膝の上に乗り上げてきた。刹那《せつな》、ちゅ、と音をたてて唇が離れる。たちまち二人分の甘い吐息が漏れた。

薄く目を開けると、潤んだ瞳が間近で見下ろしてきた。濡れて艶《つや》やかに光る唇を、桃色の舌先がぺろりと舐める。

うわっ、めちゃめちゃエロい……！

激しく鳴っていた心臓が滑稽なほど跳ね上がった。ただでさえ熱くなっていた下半身に一気に熱が凝《こご》る。自慰《じい》をしたときよりも随分と早い。無意識のうちに身じろぎした守博に、弥助は蠱惑的《こわくてき》な視線を向けてきた。

「僕と、したいか?」

「は、はい……」

「まだ両想いやないけど、ええんか?」

「よ、良うは、ないですけど……」

言葉につまると、ごめんごめん、と弥助は優しく謝った。

「僕が、君としたいんや。最近、誰ともしてへんし」

「だ、誰とも?」

「ん。誰ともする気が起きんかったから」

弥助はどこか無邪気に首を傾げる。

けど今、俺とはしたいて思《おも》てくれてはる。

体だけでなく胸もカッと熱くなった。

「し、したいです。さしてください」

掠れた声でねだると、弥助は満足げに笑った。

「一回抜いたげるわ」

「え……、ちょ、弥助さん」

弥助は守博の焦りを意に介さず、綿のパンツの前を手早くくつろげた。既に大きく育っていた劣情《れつじょう》が、束縛を逃れて外へ飛び出す。

く、と喉《のど》を鳴らした守博にかまわず、弥助は露《あら》わになった性器をまじまじと見つめた。他人に高ぶったものを見られるのは初めてで、羞恥《しゅうち》で全身が火照《ほて》る。思わず両手で隠そうとすると、弥助に払い除《の》けられた。

「こら、立派なもん持ってるのに隠すな」

「や、けど……、すんません……」

「なんで謝るん。大きいてええ感じや」

甘く囁いた弥助は、迷うことなく守博の性器に手を伸ばした。感触を確かめるように撫で擦《さす》る。強すぎず、しかし弱すぎもしない的確な愛撫に、堪えきれずにうめいた。

「気持ちええか？」

囁くような問いに、こくこくと頷く。

「よかった。もしかして、人にしてもらうん初めてか」

「は、はい……」

「セックスも初めて？」

「はい……。キ、キスも……」

「初めてやったんか？」

驚いた声を出した弥助に、守博は情けない気持ちですんませんと謝った。

「や、こっちこそごめん。全部僕が初めてで」

「いえ、そんな、うれ、嬉しい、です」

応じた声はみっともなく掠れた。弥助は謝りつつも、淫靡《いんび》な愛撫は休みなく続けていたのだ。すんなりと伸びた指が性器をかわいがっている様子が視界に飛び込んできて、ますます息があがる。

弥助さんにしてもろてるだけでもめちゃめちゃ興奮するのに、めっちゃ巧《うま》い……！

「せっかく僕を好きになってくれたんやから、死ぬほど気持ちようしたげる」

色めいた声に反応して、先端から蜜《みつ》があふれた。滴《したた》り落ちたそれは、愛撫に合わせてくちゅくちゅと淫らな音をたてる。

「ええ反応や」

嬉しそうに言った弥助は、親指で守博の先端を弄《いじ》った。急激に放出の欲求が高まって、思わず弥助の腕をつかむ。

「あっ、ちょ、弥助さん、も、無理」

「いってええよ。いくとこ見せて」

甘く囁いた弥助に促《うなが》され、守博は堪える間もなく達した。電撃のような鋭い快感に襲われてうめき声を漏らしてしまう。こんなに気持ちがいいのは初めてだ。

はあはあと荒い息を吐いていると、出したばかりの性器をまた撫でられた。あぁ、と思わず声が出る。

「まだ元気やな」

満足げな物言いに、きつく閉じていた瞼《まぶた》を持ち上げると、弥助が着ているシャツが濡れているのが見てとれた。

これ、俺が出したやつや。

「す、すんません、俺……」

慌てた守博に、何が？　と首を傾げた弥助は、自《みずか》らシャツのボタンをはずした。全てはずし終えると、躊躇することなく脱ぎ捨てる。たちまち細身だがひきしまった上半身が露わになった。

滑らかな乳白色の肌に目を奪われる。つんと尖《とが》った濃い桃色の乳首が、たまらなく淫靡だ。

ごく、と無意識のうちに喉が鳴る。

は、鼻血出そう……。

無意識に伸ばした手を、弥助はすいと避けた。そして守博の膝の上から下りてしまう。

「まぁだ。お触り禁止」

誘うように微笑んだ弥助は、パンツを下着ごと無造作に脱ぎ捨てた。片方だけ残った靴下を、足を持ち上げて脱ぐ。焦《じ》らしたり恥じ入ったりしないところが、逆に艶《なま》めかしい。

守博は呆然と弥助の裸身を見つめた。

めちゃめちゃきれいや……。

そして、同じくらい卑猥《ひわい》だ。

均整のとれた美しい体の中心で、細身の劣情も高ぶっている。ミルク色の肌、性器の濃い赤、黒々とした繁みという、淫靡な色の対比から目が離せない。

先ほど達したばかりなのに、また力が漲《みなぎ》ってきた。急激に息があがり、心臓が口から飛び出しそうなほど高鳴る。

「ん、萎《な》えてへんな。よかった」

ひとつ頷いた弥助は、再び守博に跨《また》がってきた。間を置かずに守博が着ていたシャツのボタンをはずし始める。

脱がされていることよりも、間近に迫った魅惑的な裸体に意識を持っていかれた。直線的な体のラインは間違いなく男のものだ。しかしひきしまった腰や胸、伸びやかな腕には、滴るような色気が滲《にじ》んでいる。

守博は弥助の体に手を伸ばした。今度は避けられなかったので脇腹に触ることができる。

掌《てのひら》に肌理《きめ》の細かい肌の滑らかな感触が伝わってくる。

凄《すご》い。気持ちいい。あったかい。いや、熱い。もっと触りたい。

守博は掌を胸の方へ這わせた。恐る恐るぷつと尖った乳首を指先で撫でる。

一瞬息をつめた弥助だったが、小さく笑った。

「もっと弄ってええで。舐めたかったら、舐めてもええし」

「えっ、ほ、ほんまですかっ……、う」

興奮のあまり咳き込んでしまう。ゴホゴホと噎《む》せていると、大丈夫か？　と弥助が背中を撫でてくれた。彼が膝で立ったので、必然的に弥助の上半身が目の前に迫る。どうぞ食べて、と言わんばかりに目の前に桃色の乳首が差し出された。

カァッと全身が燃えるように熱くなる。どうにか咳を治めた守博は、ほとんど噛みつく勢いで愛らしいそれに吸いついた。

弥助は拒まなかった。それどころか、守博の頭を優しく撫でてくれる。

その仕種が嬉しくて、しかし子供扱いされているようで悔しくて、もう片方の乳首も指でつまんだ。同時に、口の中に収めた粒に歯をたてる。

「あ、痛い」

艶めいた声をあげた弥助が、守博の髪をかきまわす。

「コラ、噛んだらあかん……」

そうは言いながらも離れようとしない。それどころか守博の耳を指で何度も弄り、頭に頬を擦りつけてくる。

更なる愛撫を請う仕種に、目眩《めまい》がするほど興奮した。弥助の背中に腕をまわして引き寄せ、音をたてて乳首を吸う。そしてつまんだもう片方を夢中で揉《も》みしだく。

「ん、あ、ぁん」

耳を蕩《とろ》かせるような甘い声をあげた弥助が、腰を揺らしたのがわかった。

「な……、君の、僕に、入れてほしい……」

耳元でねだられて、守博はきつく目を閉じた。執拗に舐めまわしていた乳首を解放し、歯を食いしばる。そうしないと達してしまいそうだったのだ。

そのことを知ってか知らずか、弥助は色を帯びた声で囁く。

「今日の昼間な、自分でアナル弄ったんや……。ちゃんと柔らかなってるから、すぐ入る……。せやから、な……?」

「けど、あの、セ、セックスするときは……、コ、コンドームを、せんと、あかんて……」

目の前にある体に欲望を突き入れたい衝動をどうにか堪え、震える声で言う。思春期を迎えた後も、自慰はしていたもののセックスにはそれほど興味がなかった。が、それくらいの知識はある。

弥助はクス、と笑った。尚も守博の髪をかきまわしながら尋ねてくる。

「ゴム、つけたいか……?」

「つ、つけんと……、弥助さんの、中に、出してしまうから……」

「僕は、平気や……。君のを、僕の中に出してほしい……」

守博は獣のようになった。全身に鳥肌が立つほど欲情したのは初めてだ。

その声で守博が嫌がっていないと察したのだろう、弥助はゆっくり体を離す。

思わず顔を上げると、至近距離に弥助の端整な顔があった。

優美な弧を描く眉は甘く曇《くも》り、頬は上気している。こちらを見下ろす漆黒の瞳には、熱と情欲が滲んでいた。乱れた息が出入りする唇に、蠱惑的《こわくてき》な笑みが浮かぶ。

縫《ぬ》いとめられたようにその笑みを見つめていると、弥助は乳首をつまんだままだった守博の指を振り払うことなく腰を浮かせた。そして限界まで高ぶった守博の性器に手を添え、躊躇わずに尻の谷間にあてがう。

それだけの刺激で達しそうになって息をつめると、弥助はゆっくり腰を落とした。

「は……、あっ、あ」

色めいた声をあげる弥助の細い腰を、守博は縋《すが》るようにつかんだ。

なんやこれ、めちゃめちゃ気持ちええ……！

熱く蕩けた内壁を擦りながら狭い場所を押し開く感覚は、今まで一度も経験したことがない強烈な快感だった。熱く爛《ただ》れたそこは、弥助が言っていたように解れている。が、想像よりはきつく締まっていて、守博の劣情を食いちぎらんばかりに吸いついてきた。痛みと快感が複雑に入り混じり、うめき声を漏らしてしまう。

「あ、凄い……、おっき……」

苦しげでありながら恍惚《こうこつ》とつぶやいた弥助は、悩ましく上体をくねらせつつも休まずに腰を落とす。やがて彼は守博の全てを飲み込んだ。

は、は、という弥助の荒い呼吸に合わせ、内部が艶めかしく蠢《うごめ》く。その淫らな愛撫に、守博はまたしてもうめいた。

「弥助さ……、も、出る……!」

「もうか……? まだ、全然、動いてへんのに……」

「けど、もう、あかん……」

掠れた声で訴えると、弥助の腰をつかんでいた手をつかまれた。薄く目を開けた途端、濡れそぼって震えている弥助の性器が視界に飛び込んでくる。

次の瞬間、弥助の中で息づいている劣情が強く脈打った。あぁ、と弥助は甘い声をあげて守博の首筋にしがみつく。

「な、僕のも、触って……」

吐息まじりにねだられるまま、守博は震える手で弥助の性器を握った。掌に伝わってくる炎のような熱と、次から次へと滴り落ちてくる欲の蜜の感触に、息があがる。

ゆっくり擦《こす》ると、内部が淫らに収縮した。擦れば擦るほど、その動きは激しくなる。弥助が言っていたように死ぬほど気持ちがいい。自然と弥助を愛撫する手の動きも大胆になる。

「ん、上手……、もっとして……」

素直に快楽を求めながら、弥助は自らも腰を振り始めた。守博の蜜を搾《しぼ》りとるように腰を浮かせる。かと思うとまた腰を落とし、守博の欲望を根元まで受け入れる。そのスピードは次第に速くなってくる。

下半身が芯から焼けるような快感に襲われ、守博はうめいた。弥助の劣情を愛撫する手が自然と止まってしまう。

「弥助さ、もう、も、出る……!」

「まだ、あ、は、もうちょっと、我慢、や」

「あかん、ほんま、も、う、あぁ」

守博はとうとう弥助の中で絶頂を迎えた。目眩がするほどの強い快感に襲われ、瞼をきつく閉じる。

「ん、あっ、ぁあん……!」

大量に迸《ほとばし》ったものに内部をたっぷり潤《うるお》されたせいだろう、弥助が一際艶めいた声をあげた。

刹那、露わになっていた腹や胸に熱い液体が飛び散る。

そのひどく官能的な嬌声《きょうせい》と感触に促され、守博は薄く目を開けた。

視界に映ったのは、守博に跨って身悶《みもだ》える弥助の姿だった。快楽に酔いしれる表情は、苦しそうなのにたまらなく色っぽい。乳首が片方だけ赤く腫《は》れているのは、守博が熱心に吸ったせ

いだ。達したばかりの性器は、熟して蕩けた果実を思わせた。桃色に上気した肌に、黒々とした茂みが貼りついているのが卑猥である。

——あかん。全部エロすぎる。

弥助に入れたままだった性器が、みるみるうちに力を取り戻した。再び中を拡《ひろ》げられたせいか、弥助が色めいた声をあげてのけ反《ぞ》る。

守博は咄嗟にその背中に腕をまわして支えた。弥助は素直にしがみついてくる。

「弥助さん、もう一回……、もう一回、したいです……」

快感と歓喜に包まれてねだると、年上の想い人は乱れた息を吐きながら妖艶に微笑んだ。

「ん、ええよ……。して……」

腕の中にあった温《ぬく》もりが離れる気配がして、守博は顔をしかめた。引き戻そうと手を伸ばすが、触れることすらできない。スッと音もなく離れていく。

守博は眉を寄せて瞼を持ち上げた。視界に飛び込んできたのは、Tシャツを頭からかぶっている最中の男だ。乳白色の胸や腹に赤い印がいくつも散っているのが見えたが、すぐにTシャツで隠れてしまう。

まだ寝ぼけていたせいで、目の前で何が起こっているのか把握できなかった。Tシャツの裾《すそ》から伸びたスラリとした脚を、ぼんやりと見つめる。

「あれ、起きた？　おはよう」

襟《えり》ぐりから端整な顔を覗かせた男は弥助だった。その声は色っぽく掠れている。

おはようございますと応じた守博は、昨夜の記憶が一気に甦《よみがえ》ってくるのを感じた。

ソファで二度つながった後、弥助の体を清めるためにバスルームへ移動した。中に出してしまったものを丁寧にかき出し、くたりと力を抜いた弥助を寝室に運んだまではよかったが、ベッドに横たわった弥助にもう一回してとねだられた。欲望に正直な体はあっという間に燃え上がり、我慢できずに魅力的な体に飛びついた。

滑らかな肌を夢中で愛撫し、あらゆる場所に口づけた。そうしていくつも赤い印を残した後、淫らに収縮する狭い場所を押し開いた。突き上げてきた欲と愛しさに任せて強く揺さぶると、弥助は守博にしがみついて感じたままの嬌声をあげた。

あ、あん、いい、気持ちいい。

普段、高くも低くもなく耳に心地好い声が、あれほど甘く蕩けるなんて想像したこともなかった。

めちゃめちゃエロかったし、めちゃめちゃ気持ちよかった……。

単純に体をつなげたという表現では足りない。極上の快楽を与えてくれる弥助の体に、まさに溺《おぼ》れた。

　昨夜の情事を思い出しただけで赤面した守博とは対照的に、弥助はスウェットのパンツを穿《は》きながらさばさばと言う。

「昨夜のめっちゃよかったわ。僕ら、体の相性ええみたいやな」

「体の相性、ですか……」

　ん、と頷いた弥助は腰に手をあててこちらを見下ろした。形の良い唇に浮かぶ笑みと、赤い印が残る首筋が、たまらなく色っぽい。

「体の相性は大事やで。君とやれるんやったら、他のセフレはもういらんて思たし」

「え、ほ、ほんまですか?」

　守博は思わず体を起こした。

　弥助は照れる様子もなくニッコリ笑う。

「うん。君とセックスするん好きやわ」

　俺のことは好きかわからんのに、セックスは好きなんか……。

　自然と肩が落ちた。ひとつでも好きになってもらえて嬉しいが、素直に喜べない。

「なんや、不満そうやな。僕では満足できんかったか?」

「いえ、そんな!　めちゃめちゃ気持ちよかったです。ほんまに、死ぬほど気持ちよかった。ただ、あの……、体だけみたいなんは、ちょっと……」

守博の心はとうに弥助のものだ。だから弥助にも、少しでも心を預けてほしいと思う。

しかし弥助は軽く首をすくめた。

「体も心もて、そんないっぺんに何もかも手に入れられるわけないやろ。がんばるて言うたくせに、案外欲張りやな、君は」

あきれたように言いながらもベッドに腰を下ろした弥助は、守博の頭を撫でた。髪を梳《す》いてくる指先も、向けられる眼差しも柔らかい。じんと胸が熱くなる。

ちょっとは心も開いてくれてはるんや。

守博の髪を弄っていた弥助は、ふと首を傾げた。

「そういや君の本名、何ていうの?」

えっ、と守博は声をあげた。

「俺の名前、知らはらへんのですか?」

うん、と弥助は悪びれる様子もなく頷く。

「君、高座名《こうざめい》しか名乗らかんったやろ。本名は知らん」

確かに、本名は名乗っていない。

そういや俺も弥助さんの本名知らん……。

名前も知らんまま、あんなエロいセックスしてしもたんや。

守博は真っ赤になりつつ名乗った。

「俺の本名は、最相《さいしょう》守博です」

「モリヒロ君か。ヒロ君て呼んでもええ?」

「ええですけど、あの、弥助さんも本名教えてください」

弥助はきょとんとした後、ニッコリ笑った。

「秘密」

「え、なんでですか。教えてください」

「涼風師匠は知ってはるから、師匠に聞いたら?」

しれっと言ってのけた弥助に、守博は言葉につまった。涼風は落語だけでなく、人間的にも尊敬する師匠である。

しかし弥助に関することは、話が別だ。

「師匠に聞くんは、なんか嫌です……」

「なんで? 聞いたらええやん」

からかうような物言いから、弥助がわざとやきもちを焼かせているのがわかる。

こういう意地悪なとこも魅力的やから困る……。

黙り込むと、弥助が横から抱きついてきた。しなやかな体から、ボディソープと弥助自身の匂いが混じった香りが漂ってきて、ますます赤面してしまう。

「君、案外かわいいなあ」

「かっ、かわ、かわいいのうてええから、本名教えてください」

「ええコやな、ヒロ君。かわいいかわいい」

弥助は笑いながら守博の頭を撫でた。完全に子供扱いされている。優しくしてもらえるのは嬉しいが、情けない気持ちにもなる。

が、初めて見る屈託《くったく》のない笑顔を前にして、自然と頬が緩んだ。

弥助さんが楽しいんやったら、まあええか。

八目の恋心

Youkame no Koigokoro

萩家初蝉《はぎやはつぜみ》こと最相守博《さいしょうもりひろ》が訪ねてくると約束をした午後七時まで、十五分。

冷房がほどよくきいたダイニングのテーブルに並べたのは、デパ地下で買ってきた惣菜《そうざい》だ。自分で作ったのは味噌汁とご飯だけである。自宅マンションで守博と会うときの食事は、いつもこんな感じだ。

栗梅亭真寿市《くりうめていますいち》に弟子入りしたとき、内弟子《うちでし》ではなく通いの弟子だったが、掃除や炊事、洗濯は一通り真寿市の妻に教わった。だから料理もそこそこできる。

しかし日曜の昨日は夜遅くまで座敷に上がっていたし、今日の午後は三味線《しゃみせん》の稽古《けいこ》をつけてもらいに出かけた。お座敷は入っていなかったため夕方には帰ってきたのだが、メイン料理を自《みず》ら作る余裕はなかった。

噺家《はなしか》の栗梅亭千市《せんいち》として高座《こうざ》に上がっていた頃も、太鼓持《たいこも》ちの陽春亭弥助《ようしゅんていやすけ》として座敷に上がるようになってからも、土日祝日に休んだのは数えるほどだ。公休日があるにはあるものの、月に二度、しかも平日がほとんどである。

守博も噺家という職業柄、土日祝日は忙しい。平日もサラリーマンのように決まった時間に仕事があるわけではない。お互いに空いた時間になんとか都合をつけて会っているため、守博が手作りの料理が食べたいとせがんだことはない。むしろ作れんですみませんと謝る。

守博は料理に限らず、他のことに対しても不満を漏らさない。恋人になってもうすぐ一年になるというのに、いまだに付き合ってもらえるだけで嬉しいと言う。

けど、僕が本名を教えんかったときは不満そうやったっけ。

不満そうというより、拗《す》ねたように眉を八の字に寄せた。

恋人の情けない顔を思い出して、戸谷淳文《とやあつふみ》は頰を緩《ゆる》めた。が、その約一ヵ月後に自ら名乗ってしまったことも思い出し、口をへの字に曲げる。

寄席《よせ》で偶然行き合った噺家の山川小藤《やまかわこふじ》を、やたら褒《ほ》める守博に腹が立った。後で冷静になって、守博は小藤ではなく小藤の落語を褒めていたと気付いたが、後の祭りだ。同時に、自分が思っている以上に、守博を好きになっていることにも気が付いた。

今まで年上の人ばかり好きになってきたので、六つも年下の男に惹かれている己に驚いた。年齢を除いても、不器用で鈍《どん》くさくて暗い守博は全く好みのタイプではなかった。

淳文は本来、落ち着いていて粋《いき》でクレバーなタイプが好きなのだ。――そう、守博の師匠、萩家涼風《はぎやりょうふう》のような。

ちくりと胸が痛んだそのとき、ピンポーンとチャイムが鳴った。

壁にかかった時計の針は六時五十五分をさしている。

相変わらずきっちりしてるな。

早く来すぎることはないし、遅れることもほとんどない。何かの都合で遅れてしまうときは必ず連絡してくる。

半《なか》ば感心しながらモニターに向かってはいと返事をすると、守博の顔が映った。

くっきりとした眉と高い鼻筋、やや大きめの唇は、恋人の欲目を差し引いてもそこそこ整っている。にもかかわらず垢抜《あかぬ》けて見えないのは、自信なさげな暗い表情のせいだ。

『こんばんは、淳文さん』

「いらっしゃい。入っといで」

あっさり応じると、はい、お邪魔します！　と守博はさも嬉しげに返事をした。

かわいい。

涼風を想うときのように胸が強く痛んだり、息苦しくなったりすることはない。しかしほんのりと温かな心持ちになる。まだ性的な欲求がなかった頃の、純粋な恋に似た感覚だ。

まあでも、やることはやってるんやけど。

「こ、こんばんは！」

守博は頬を染めて嬉しそうに言った。ポロシャツにデニムのパンツという、一見すると噺家だとわからないごく普通の格好だ。いらっしゃい、と改めて返すと照れたように笑う。僕に会えるんがそんな嬉しいんか、と思うと悪い気はしない。

「あがって。外暑かったやろ」

六月の中旬に梅雨《つゆ》に入ってから約一週間、蒸し暑い日が続いている。

「はい、今年の梅雨はなんかずっと蒸し暑いですね」

わずかに濁《にご》りのある低い声だ。あと十年ほど経《た》てば深みが出て、より落語が映《は》える声になるだろう。

　実は声だけは最初から好みだった。もっとも、守博本人には言っていない。なんとなく癪《しゃく》な気がするからだ。

「お腹空《す》いたやろ。ご飯用意したから手ぇ洗《あろ》てきて」

「あ、はい。いっつもすんません」

「今回もほとんど買《こ》うてきたもんやから気にせんでええよ」

「いえ、そんな、買いに行ってもらう手間もありますから。ありがとうございます」

　守博は恐縮しつつも荷物を下ろし、迷うことなく洗面台へ向かった。月に二度か三度会うだけだが、一年も付き合えばさすがにどこに何があるかは把握している。

「今日の高座、どうやった？」

　よそったご飯をテーブルに置きながら、ダイニングに戻ってきた守博に声をかける。

　正面の椅子に腰を下ろした守博は、やや眉を下げた。叱られた犬を思わせる情けない顔だ。

「あんまり、うけませんでした……」

「何をやったんや」

「皿屋敷です……」

「ああ、もうじき夏やからなあ」

『皿屋敷』は怪談、播州《ばんしゅう》皿屋敷を元にした噺である。前半は怪談の内容を語り、後半でその怪談を元に話が展開していく。幽霊が出てくるため、夏によく語られる演目だ。

「前半の怖いとこを丁寧にやりすぎて、後半の笑いをとるとこになっても客がついてこれんかったとか?」

守博は明らかに言葉につまった。図星だったらしい。

『皿屋敷』の後半をよりおもしろくするためには、前半の怪談部分で客を存分に怖がらせなくてはいけない。しかし、前半があまり怖すぎると後半で笑いがとれない。守博の暗く地味な話しぶりが、怪談を必要以上に恐ろしいものにしたのだろう。そのせいで客が引いてしまったに違いない。

守博——萩家初蝉の落語は物悲しいと評されることが多い。賑《にぎ》やかで楽しい噺をしても、どこか切ない空気が漂う。声と同じで、あと十年もすれば独特の味が出て熱心なファンがつくだろうが、今はまだ、ちょっと変わった落語をする若手噺家、といったところだ。

「君のことやから、めっちゃ怖かったやろなあ。どうせやったら、笑いがない東京の怪談噺を移植してきたらどうや」

からかう口調で言うと、守博はますます眉を下げた。

「それも考えたんですけど、関西のお客さんは基本、笑うために寄席に来てはるから……。笑いがないと、がっかりしはるかもしれんので……」

上方《かみがた》にも笑いがない演目はある。しかしその数は東京落語に比べると少ない。だからこそ、実力のある噺家でないと高座に上げるのは厳しい。淳文も噺家だった頃、笑いがない噺は稽古したことすらなかった。

「そんでいろいろ考えて、今、涼風師匠に骨つりの稽古をつけてもろてます」

「骨つりか。そらまた難しい噺やな」

若旦那の舟遊びに呼ばれた太鼓持ち。若旦那の提案で釣りをすると、なんと骸骨《がいこつ》が釣れた。仕方なく気安くしている寺に骸骨を持って行き、供養《くよう》する。するとその夜、美しい女性が太鼓持ちを訪ねてくる。骸骨の主だと言う女と一緒に、太鼓持ちは機嫌良く酒を飲むのだが……。

涼風がやるとすっきりとした粋《いき》な噺になるが、本来はグロさも色気も賑《にぎ》やかさもある、いかにも大阪といった雰囲気の噺である。

「前半の屋形船《やかたぶね》で釣りするとこはともかく、後半は女の幽霊が出てくるやろ。また色気ないて言われるんとちゃうか?」

「涼風師匠にも、それは何べんも注意されてます……」

肩を落とした守博に、淳文は小さく笑った。

「あと、サゲも今の時代やと元のままやるんは難しいやろ」

「はい。師匠に相談さしてもろて、考えてます。サゲだけは野ざらしのを使うかもしれません」

守博は真面目な顔で言った。『骨つり』は男色がサゲに使われている。昔の人たちが性に対しておおらかだった証《あかし》とも言えるが、性の多様性が広く認められるようになった今の時代、デリケートな部分に触れるサゲだとも言える。当事者でも何とも思わない人もいるだろうが、傷つく人もいるかもしれない。対して『骨つり』を元に作られたと言われる東京落語の『野ざらし』のサゲは、男色とは関係ない。

「まあ、稽古あるのみやな。稽古したからて、おもしろい高座になるわけでもないと思うけど」

悪戯《いたずら》っぽく言うと、守博は眉を八の字に下げ、がんばりますと神妙《しんみょう》に応じた。

二人そろっていただきますと手を合わせ、食事を始める。守博は、まず味噌汁に口をつけた。

「美味《おい》しいです」

幸せそうにニッコリ笑う。豆腐と油揚《あぶらあ》げと葱《ねぎ》が入った変哲もない味噌汁だが、淳文が作ったとわかっているのだ。

「出汁《だし》入りの味噌を使《つこ》てるから、お湯沸かして味噌入れただけやけど」

「けど具がいっぱい入ってるし。インスタントと違《ちご》て、ちゃんと作ってくれはったお味噌汁の味がします。淳文さんも忙しいのに、ありがとうございます」

「前にも言うた思うけど、僕はお姐《ねえ》さんらほど忙しいないから気にせんでええ」

素っ気なく答えたものの、守博のこういう素直なところも悪くないと思う。

食事を進めた淳文は、楽しそうに話す守博がふと影のある表情をすることに気付いた。

僕に会《お》うて嬉しいんは間違いなさそうやから、他に気になることがあるんや。

淳文を除いて守博が心に留める事柄といえば、落語だけだ。『骨つり』と格闘している以外にも何かあるのだろうか。

ヒロ君、と呼ぶと、メンチカツを箸《はし》で切り分けていた守博は視線を上げた。

「師匠に何か言われたか？」

「え？　いえ、何も言われてませんけど……」

「そしたら先輩か席亭《せきてい》に、嫌なことでも言われた？」

「いや、まあ、あの……、言われたわけや、ないんですけど……」

口ごもった守博は苦笑を浮かべた。

「淳文さんには、何でも見抜かれてしまいますね」

「そうやで。そやから隠し事しても無駄や」

「や、隠し事やないんです。近いうちに話そうと思《おも》てたんですけど、まだ自分の中で消化できてへんていうか、ほんまに俺なんかが出てええんか、不安が消えんていうか……」

困ったようにぼそぼそとつぶやいた守博は、何かを決意したように口を噤《つぐ》むと箸を置いた。

改めてこちらを見つめてきた漆黒の瞳には、真剣な色が映っている。

「あの、俺、テレビに出ることになったんです」

「え、ほんまに？」

淳文も思わず箸を置いた。想像していたより大きな話が出てきて驚いたのだ。

はい、と守博は真面目に頷く。

「栗梅亭真遊《しんゆう》さんと山川小藤さんがやってはる落語番組に、ゲスト出演さしてもらえることになったんです。それを機会に、瀬島《せしま》芸能に所属することになりました」

件《くだん》の番組は、真遊と小藤がひとつの演目について話すのがメインだ。二人が落語をやるときもあるが、長い噺や持ちネタ以外の噺は、他の落語家の口演《こうえん》をダイジェストで流すこともある。テレビでタレント活動をしてきた真遊がうまくトークを運び、ただおもしろいだけでなく、小藤の良さも引き出している。関西と西日本の一部で放送されており、派手さはないがしみじみおもしろいと、落語好きな年配の人から落語を全く知らない若者にまで人気がある番組だ。深夜帯の放送にもかかわらず、そこそこの視聴率がとれているらしい。

年に四回ほどゲストが呼ばれるスペシャル回があり、若手から師匠クラスまで、様々な噺家が登場している。この番組に出ると、寄席の出番や落語会出演の機会が増えるらしく、特に無名の噺家はこぞって出たがっているらしい。

ちなみに瀬島芸能は上方の噺家の多くが所属している芸能事務所だ。真遊と小藤、そして淳文がかつて弟子入りしていた栗梅亭真寿市も所属している。

「よかったやんか。おめでとう！」

淳文の言葉に、ありがとうございます、と守博は照れくさそうに礼を言った。が、やはりどこか浮かかない様子だ。

「真遊さんと小藤さんが推《お》してくれはって、蛇含草《じゃがんそう》をやらせてもらえることになったんです。

ほんまにありがたい話なんですけど、落語はともかく、フリートークが、ちょっと……」

素直に喜んでいないのはそのせいか。

普段の守博は、噺家のくせに口下手《くちべた》なのだ。

「フリートークいうても台本はあるんやろ?」

「おおまかな流れは決まってるみたいなんですけど、劇とかドラマみたいに、セリフが書かれた台本はないそうで……」

「落語について話すんやから大丈夫やないか? 君、落語に関してはようしゃべるやんか」

「それはそうなんですけど、テレビに映る思うと、プレッシャーが……」

うじうじと言葉を重ねる守博に、淳文はあきれた。

ここ半年ほどで、高座では比較的堂々と話すようになった。僕と付き合《お》うたおかげや、と密《ひそ》かに自負していたのだが、本質は変わっていないらしい。

まあ人間、そんな簡単に変われんわな。

淳文は食事を再開しつつ素っ気なく言った。

「誰も君がおもろいトークができるなんて思てへんから大丈夫や。君ががんばらんでも、真遊がうまいことまわしてくれるやろ」

思ったことをそのまま口にすると、びく、と守博は肩を揺らした。かと思うと、うつむき加減だった顔をまっすぐ上げる。

「し、真遊さんは確かに、カッコエエし、華もあるし、落語もめっちゃおもろいし、タレントとしても売れっ子やし、トークもめっちゃ上手いですけど、俺は俺なりに、がんばります」

「や、無理にがんばらんでも、真遊に任せといたらええて」

「がんばります！」

身を乗り出して大きな声で言った守博に、淳文は瞬《まばた》きをした。

ついさっきまでうじうじしてたのに、急にどうしたんや。

——ああ、僕が真遊の名前を出したからか。

噺家だった頃、栗梅亭真遊は弟弟子《おとうとでし》だった。今も顔を合わせれば親しく口をきくが、恋愛感情は全くない。それでも守博は、真遊と淳文の親しさが気になるらしい。

くすぐったいような気分で、淳文はニッコリ笑った。

「そしたらがんばって」

「はい、がんばります！」

守博は再び大きな声を出した。そしてもりもりとメンチカツを頬張る。

嫉妬されるんは悪うない。

祇園祭《ぎおんまつり》といえば、七月十七日に行われる山鉾巡行《やまぼこじゅんぎょう》を思い浮かべる人が多いだろう。しかし、正確には七月一日の『吉符入《きっぷいり》』から始まる。

その頃から花街《かがい》も賑わってくる。芸舞妓《げいまいこ》は奉納舞《ほうのうまい》や巡行などの行事をこなしつつ、祇園祭を楽しむためにやってくる客をもてなさなくてはならない。

淳文が萩家涼風の座敷に呼ばれたのは、七月十日。鉾立《ほこた》てが始まった日だ。

淳文は京都市内の生まれである。大学も京都だったので、真寿市に弟子入りして大阪で暮らした四年間を除いて、ずっと京都ですごしてきた。幼い頃から梅雨曇《ぐも》りの空の下、会所《かいしょ》の近くの道で鉾が組み立てられる風景を目にしてきたので、この時期になると夏がすぐそこまで来ていることを実感する。

「初蝉が世話かけてすまんな」

酌《しゃく》をしている最中に涼風に話しかけられ、いえ、と淳文は控えめに応じた。

「初蝉さんは努力家ですから。私は何もしてません」

「いや、おまはんと付き合《お》うてから落語も変わったし、生活も変わった。唄《うた》の稽古もやめてしまうか思たけど続けてる。わしが教えてやれんかったことを、おまはんに教わったんやな」

涼風は穏やかに言葉を紡《つむ》ぐ。生成《きな》り色の上布《じょうふ》の着物の着こなしも、盃《さかずき》を傾ける仕種も、上品でありながら艶《つや》っぽい。我知らず見惚《みと》れてしまう。

敢えて硝子《ガラス》の徳利《とっくり》に視線を移し、淳文は微笑《ほほえ》んだ。

「ほんまに、私は何も。恐れ入ります」

ははは、と脇から賑やかな笑い声が聞こえてきて、涼風と共に視線をやった。

涼風が連れてきた二人の弟子が、芸妓と舞妓と共に「こんぴらふねふね」という遊びに興《きょう》じている。弟子たちがお座敷に来るのはまだ二度目らしく、大いにはしゃいでいた。芸舞妓もコロコロと鈴のような愛らしい笑い声をたてている。

満足そうに目を細めた涼風が、またゆったりと話しかけてきた。

「真遊と小藤の番組に出ることは聞いたか？」

「はい。確か昨日収録やったんですよね」

「ああ。なんとかこなせたて言うてたわ。あ、おまはんには直接連絡があったか」

「無事終わりましたて、連絡もらいました」

淳文はスマートフォンも携帯電話も持っていない。連絡手段は家の電話とパソコンだけだ。守博には電話番号とパソコンのメールアドレスを教えてある。連絡はメールできた。

なんとか収録終わりました。真遊さんと小藤さんにめっちゃ助けてもらいました。淳文さんに見てもらえると嬉しいです。

反省と疲労感と充実感が滲《にじ》む文章に、お疲れさん、と返した。

番組、見ます。今日はゆっくり休んで。

「番組に出ることが決まった後も、俺には無理ですとか、うまいことしゃべれんかもしれませんとか、埒《らち》もあれへんことをぐだぐだ言うとったけど、なんや急にやる気出してな。弥助がアドバイスしてくれたんやろ」

「私は普通にお話しさせてもろてるだけです」

「おまはんの普通は、上等な普通やさかいなあ。骨つりも熱心に稽古しとるわ。相変わらず色気はどうにも足らんけどな」

涼風は楽しそうに盃を重ねる。守博の成長が嬉しいのだろう。

お座敷に呼ばれる回数が増えて忙しくなったせいで、守博と会えたのは収録の前々日だけだ。早くも緊張でガチガチになっている守博にあきれつつ、一晩共にすごした。

セックスはいつも通り、実によかった。初めてしたときはぎこちなかったものの——そのぎこちなさもよかったが——、守博が真面目故《ゆえ》にかなり上達した。もともと体の相性はよかったから、最近のセックスは本当に気持ちがいい。淳文さん、好きです、と熱っぽく告げられるのがまた、たまらなくよかった。

しかし、こうして涼風の隣にいるだけで得られる高揚感は、守博とのセックスで得られるそれに引けをとらない。お座敷では家庭の話は持ち出さないから、涼風が結婚していることを意識しなくて済む。そのせいで余計に未練を断ちきれない。なにしろ昨年の今頃は、絶対に叶わない恋だとわかっていながら、涼風に想いが通じるように無言詣《むごんもうで》をしていたくらいなのだ。

涼風は淳文と守博が恋人として付き合っていると気付いている。そして、関係がうまくいっていることを喜んでいる。反対しない涼風に感謝すべきなのだろうが、素直に嬉しいとは思えない。

明後日《あさって》、俺、がんばりますから！

昨日、別れ際に勇《いさ》んで言った守博の顔が脳裏《のうり》に浮かぶ。真剣で一生懸命で、愛《いと》しく思った。守博のことはもちろん好きだ。好きでなければ、いくら体の相性が良くても、セフレを全て捨ててまで付き合わない。

しかし、涼風にもまだ想いが残っている。自分でも不誠実だと思うが、心の動きだからどうしようもない。

「番組、見てやってくれな」

「はい、もちろん見せていただきます」

頷いたそのとき、師匠、と呼ぶ声がした。弟子二人と芸妓と舞妓がこちらを見ている。

弟子たちは嬉しそうだが情けない顔をしていた。艶《あで》やかな着物を纏《まと》い、七月の花かんざしである団扇《うちわ》のかんざしをつけた舞妓と、上品な出で立ちの芸妓は、ニコニコと微笑んでいる。

「師匠、僕らではとても富貴子《ふきこ》さんに敵《かな》いません」

「お手本を見せてください」

弟子たちに請《こ》われ、よっしゃ、と涼風は頷いた。

「そしたら次は、わしが富貴子と勝負しよか」

「へえ、お手柔らかにお頼申《たのもう》します」

「お師匠《っしょ》はん、次はうちの相手もしとくなはれ」

芸妓と舞妓が愛らしい声ではしゃぐ。

場の空気を壊さないよう、守博は涼風の後に続いてそっと立ち上がった。


守博がゲスト出演した番組は、それから二週間後に放送された。

祇園祭がクライマックスを迎えたせいで、お座敷に納涼会《のうりょうかい》に芸舞妓の踊りの会の手伝いにと忙しく、放送されるまでの間、守博とは会えなかった。放送日当日もお座敷が入っていたため生では見られず、録画しておいたものを見た。

守博の『蛇含草』は、さすが彼の十八番だけあっておもしろかった。湿気をたっぷり含んだ関西特有の蒸し暑さ、それとは対照的な訪れた家の涼しげな様子。どれもリアルに描写されていた。

一方、餅《もち》を山ほど食べるところは客を不快にさせないよう、ユーモアを交えてリアルになりすぎないように演じていた。どんなにおもしろくても、一度見れば充分な落語もあるが、守博の落語は何度も見たいと思わせた。また腕を上げたと感じた。

守博が身につけていたのは、五月の守博の誕生日に淳文が贈った上布の着物だった。涼しげな淡い色合いのそれは、長身で体の厚みがある守博によく似合っていた。

守博が不安がっていたフリートークは、緊張がこちらまで伝わってきた。つまったところやうまく受け答えできなかったところは、守博がメールに書いていた通り、真遊がうまくフォローした。あまりトークが得意ではない小藤にまで気を遣われていた。おかげで守博の真面目で朴訥《ぼくとつ》とした性格がよく出ていた。

けっこうよかったんとちゃうかな。

素直にそう思ったので、早速メールを送った。

放送見ました。蛇含草は、さすがにおもしろかった。フリートークもよかったで。

すると、十分も待たずに返事が返ってきた。

メールありがとうございます！　見てくれはって嬉しいです。テレビで自分の落語を客観的に見て、まだまだ未熟でヘタクソやなて実感しました。トークもほんまに情けなかったです。真遊さんと小藤さんに、改めて感謝です。また今日から落語がんばります。ところで、次はいつ会えますか？

初めてテレビに出たというのに、いまいちテンションが上がりきらない内容だった。

ヒロ君らしいっちゃ、ヒロ君らしい。

苦笑しながらも、淳文は空いている時間を確かめるために手帳を開いた。

夏休みに入った昼間のファストフード店は、若者で賑《にぎ》わっていた。サラリーマンらしき姿もちらほら見える。

落語番組が放送されてから三日。祇園祭《ぎおんまつり》も終わりに近付き、淳文《あつふみ》の忙しさのピークはすぎたものの、今度は夏休みのイベントのせいで守博《もりひろ》が忙しくなった。なかなかゆっくり会うことができないため、昼間の空いた時間に大阪で会うことにしたのだ。

高級な店で食事をすると、どうしても淳文が支払うことになる。守博の仕事が増えたといっても、ギャラそのものはまだ少ないのが実情だ。淳文は奢《おご》っても一向にかまわないが、守博が気にするので、外で食事をするときは大抵ファストフード店を選ぶ。ハンバーガーもポテトも、たまに食べたくなるから不満はない。

「淳文さん、何食べますか？」

「僕はチーズバーガーとチキンナゲット。あとアイスコーヒー。君は何食べる？」

「俺は……、どうしようかな。俺もチーズバーガーにしよかな」

列に並んだ守博は、レジの上のメニューを見上げた。Tシャツに綿のパンツ、スニーカーという変哲もない格好だが、そこそこ垢抜《あかぬ》けて見える。同じような体格の弟のお下がりだという服はセンスがいい。

対する淳文はシャツにスラックスという服装だ。大阪とはいえ、客に会うかもしれないので眼鏡をかけている。

淳文が待ち合わせのファストフード店に着いたとき、守博は既に来ていた。どうせ昼食をとるのだから店内で待っていればいいのに、暑い中、店の前に立っていた。いち早く淳文を見つけてパッと顔を輝かせた守博に、胸がくすぐったくなった。

真冬の極寒の日に待ち合わせたときも、守博は外で待っていた。中で待ってたらよかったのに、と言うと、守博は照《は》れたように頭をかいた。

や、あの、一瞬でも早よう、淳文さんに会いたいから。

そう言われて悪い気はしなかった。今日もきっと同じ気持ちで外で待っていたのだろう。

「俺もチーズバーガーとナゲットにします。飲み物はコーラにしよかな」

どこにでもある全国チェーンのファストフード店だというのに、守博の口調は弾《はず》んでいる。

そうかそうか。僕に会えたんがそんなに嬉しいか。

我知らず頬を緩めていると、あの、と背後から声をかけられた。

守博と共に振り返った先にいたのは、二人の女性だ。二十歳くらいだろうか。彼女らは守博を見上げ、キャー、と小さく声をあげた。

「やっぱりそうや！　やー、めっちゃ背ぇ高いですね！　かっこいい！」

「こんなとこで会えるなんてびっくりです！」

二人は手を取り合い、頬を染めて飛び跳ねる。何事かと周囲の視線が集まってきた。

静かに、と思わず言いかけたそのとき、女の子たちは守博を見上げる。

「初蝉《はつぜみ》さんですよね？」

「テレビ見ました！　落語、すっごいおもしろかったです！」

え、と守博は声をあげた。う、あ、と意味のない言葉を発した後、ど、どうも、ありがとうございます、とぎくしゃく頭を下げる。

キャー、とまた二人は黄色い声をあげた。誰？　芸能人？　知らない、スポーツ選手？　と周囲の客たちが囁く声が聞こえてくる。スマホを向けてくる者もいる。

この状況はまずい。

「すみません、他のお客様のご迷惑になりますので、お静かに願えますか？　申し訳ありませんが、撮影もご遠慮願います」

笑みを浮かべつつも、少し声を張って言うと、ざわつきが治まった。マネージャー等のスタッフと思われたようだ。芸舞妓と共にお茶屋へ移動するとき、傍若無人《ぼうじゃくぶじん》な観光客に出くわすことがある。彼女らの盾《たて》になってきたおかげで、場を収める能力が身についたようだ。

「あの、じゃあ握手してもらえますか？」

「あ、私も。あと、サインくださいっ」

声を潜《ひそ》めて言った女性に、うぐ、とまた守博は妙な声をあげた。彫《ほ》りの深い顔は青い。心底困っている顔だ。ポンと軽く背中を叩いてやると、うぐ、とまた声を漏らす。そして恐る恐る差し出された女性の手を握った。

「あ、ありがとう、ございます……」

ぎこちなく礼を言った守博に、女性はキャーと小さく声をあげる。

守博はもう一人が差し出した可愛らしいノートとボールペンをぎこちなく受け取った。ノートに記《しる》されたのは、サインではなく萩家初蝉《はぎやはつぜみ》という署名だ。ペン先が震えているせいで、いい感じのサインに見えないこともない。

笑ってしまいそうになるのを堪《こら》えていると、守博はノートとボールペンを返した。また差し出された手を、へっぴり腰で握る。がんばってください、応援してます！　と声をかけられ、ペコペコと何度も頭を下げた。

そうしているうちに、レジの順番がまわってくる。どうもありがとうございます、と再び頭を下げた守博は、逃げるようにレジに向き直った。淳文も二人に会釈《えしゃく》をして前を向く。守博がつっかえつっかえ注文するのを見守っていると、背後から話し声が聞こえてきた。

「テレビで見るよりずっとカッコエエな」

「うん、サインもらえてよかった。マミとアヤナに自慢しよ」

これがテレビの効果か……。

若者はあまりテレビを見ないと言われて久しいが、それでもまだ圧倒的に宣伝効果があるのだ。栗梅亭真遊《くりうめていしんゆう》はもともとタレント活動をしていて、若い女性に人気がある。地味と言われる番組だが、真遊目当てに見ている女性は多いのだろう。

それにしても、これカッコエエか？

予想外の出来事にまだ動揺しているらしく、チーズバーガーをチージュビャーガーと噛みまくり、チキンナゲットに至ってはチキチキニャゲットと盛大に間違えている。

僕的にはかわいいけど、カッコエエことはないな。

「めちゃめちゃびっくりしました……」

イートインコーナーの奥に腰かけた瞬間、守博が細い声を吐き出した。

女の子に握手とサインを求められたのに、少しも嬉しそうではない。それどころか困惑を超えて怯《おび》えているようだ。

「テレビに出たんやから、声かけられることもあるやろ」

「や、けど、普段からキラキラしてはる真遊さんとか、色気のある小藤《こふじ》さんやったらともかく、俺みたいのに声をかける人はおらんと思てたから……」

「そんな自分を卑下《ひげ》するようなこと言うたらあかんよ。君の落語はよかった。トークはぐだぐだやったけどな」

誰かが聞いているかもしれないと思ったので声を潜《ひそ》めて言う。

淳文に褒められたのが嬉しかったらしく、守博はようやく頬を緩《ゆる》めた。

「メールで褒めてもろたんも嬉しかったですけど、直接褒めてもらえると、やっぱりめっちゃ嬉しいです」

「褒めてばっかりやないで。トークはあかんかったて言うてるやろ」

「それはそうですけど、トークがあかんのは事実やし……。落語を褒めてもらえたら、俺はそれが一番嬉しいから。あ、でも、これからトークもがんばります」

勇《いさ》んで言った守博は、やはりかわいかった。

「冷めてしまうで。食べよ」

はいと頷いた守博は、いただきます、と律儀《りちぎ》に手を合わせる。

いただきます、と淳文も手を合わせ、二人そろってハンバーガーを頬張った。

実に嬉しそうな守博を前にして優越感を覚えるのは、守博がテレビに出ようが何をしようが、このかわいくて落語に一途《いち》な男は僕のもんや、という気持ちがあるからだ。

他の誰でもない、僕がええ男にした。

「何かおかしいですか?」

淳文が笑っていることに気付いたらしく、守博が不安げに尋ねてくる。

「いや、全然。これ、久しぶりに食べると美味《おい》しいわ」

かじりついたチーズバーガーは、本当にいつになく美味しく感じられた。

「弥助《やすけ》さん、萩家《はぎや》初蝉さんとお知り合いてほんまどすか？」

共に座敷へ向かう途中の芸妓《げいこ》に問われ、淳文はほんの一瞬、眉を寄せた。が、すぐに笑みを作って芸妓を見下ろし、はあと曖昧《あいまい》に頷いてみせる。

夕刻の花街《かがい》には、湿り気を帯《お》びた熱が満ちている。日が傾いても少しも涼しくならない。

祇園祭が終わり、日頃お世話になっている芸事の師匠やお茶屋へ挨拶《あいさつ》にまわる八朔《はっさく》も終わった。これからしばらくは行事もなく平穏な日々が続く。お座敷前の芸妓が初蝉のことを持ち出したのも、余裕ができたからだろう。

「あ、舞妓《まいこ》さんだ！」

「凄《すご》い、きれい！」

「写真撮らせてください！」

向かい側から歩いてきた観光客が、こちらが許可を出す前にスマホを向けてきた。撮影が禁止されているわけではないので、芸妓と舞妓は微笑む。今は夏休みだ。こうして観光客に囲まれるのは珍しくない。一頻《ひとしき》り写真を撮った観光客は、ありがとうございますと嬉しげに礼を言って去っていく。

無茶な要求をされなかったことに、淳文はほっとした。

「初蝉さん、お座敷によう遊びに来はるんどすか？」

芸妓が気を取り直したように尋ねてくる。

その話題を続けるのか、と苛立ちを覚えつつ、いえ、と首を横に振った。

「まだお若い方ですから」

「けど、お座敷でお知り合いになったんどすやろ。富貴子姐《ふきこねえ》さんがそう言うてはった」

「ええ、噺家のお師匠《ししょ》さんに、お座敷に連れてきてもらわはったんです」

「ええなあ。うち、この前の真遊さんの番組見てファンになったんどす。落語はおもしろいし、カッコエエし、可愛らしい感じもするし、素敵やわ」

はあとやはり曖昧に頷いた淳文は、苦々《にがにが》しい気持ちになった。

あの番組を見ただけで、ヒロ君の何がわかるねん。

芸妓や舞妓が萩家初蝉について尋ねてくるのは初めてではない。この二人だけではなく、他の座敷で一緒になった芸舞妓にも尋ねられた。

真遊と小藤の落語番組の評判がじわじわと広がっているようだ。放送後、兄弟子《あにでし》の萩家涼《りょう》水《すい》のラジオ番組に出演したり、師匠の落語会の前座を務めたりと、露出も増えてきている。

守博の落語が評価されるのは嬉しいことだ。人気が出るのも良いことだ。頭ではわかっているが、もやもやする。

「うち、お客さんに寄席《よせ》に連れてってもろたときに、初蝉さんの落語見ましたえ」

舞妓のほんわりとした物言いに、芸妓が食いつく。

「ほんま？　何見たん？」

「さあ、落語に詳しいないさかい、題名とかはわかりまへんけど……。太鼓持《たいこも》ちが二人出てくる噺《はなし》どした。お囃子《はやし》が入ってて賑やかやけど、最後は太鼓持ちさんがなんとなしかわいそうで」

初蝉の持ちネタで、太鼓持ちが出てくる噺は、今のところひとつだけだ。

「愛宕山《あたごやま》やな」

口を出した淳文を、芸妓と舞妓は見上げてきた。

「アタゴヤマ？」

「そういうタイトルの落語です。幇間《ほうかん》やら京都の旦那やら芸舞妓《げいまいこ》やら、現代の日常では馴染みのない登場人物がいっぱい出てくるから、演じ分けが難しい」

へえ、と舞妓が感心したように頷いた横で、あ、と芸妓が声をあげる。

「弥助さん、太鼓持ちにならはる前は噺家《はなしか》さんやったんどしたっけ」

「え、そうなんどすか？」

目を丸くした舞妓に、ええと頷いてみせる。

「知らんかった。そやから弥助さん、お話が上手いんどすな」

「褒めてもろておおきに」

「今も落語できるんどすか？」

「短いのやったらなんとかできますけど、噺家としても中途半端やったから、そんなにおもしろいことはないですよ」

話が自分に移ったことに安堵しつつ応じる。

ヒロ君、きっと困ってるやろな。

一日に一度は必ず届くメールは、主に落語について綴《つづ》られている。今日の稽古で師匠に叱られました、とか、唄《うた》の師匠にほんのちょっとだけ褒められました、といった内容がほとんどだ。日常生活のことはあまり書かれていないので実際はどうかわからないが、方々で声をかけられてびくびくしているに違いない。

明日、淳文は休みだ。守博は昼席《ひるせき》の高座《こうざ》を終えた後、マンションにやって来る予定である。マンションで待つつもりだったが、寄席に様子を見に行ってみよう。


朝方、今日寄席に行きますとパソコンからメールを送ると、嬉しいです！　とすぐに返信があった。待ってます、高座がんばります！　張り切っている姿が見えるようなメールに頬が緩んだ。

夏休みということもあるのだろう、寄席は大勢の人で賑わっていた。栗梅亭真遊と山川小藤が出るからか、若い女性の客が半数近くいる。年配や中年の客が多い平日の寄席とは異なる、華やかな雰囲気だ。冷房がよく効いているはずなのに、熱気のせいで蒸し暑く感じられる。

守博、もとい萩家初蝉が高座に上がったときも黄色い声があがった。

淳文は思わずムッとした。守博が動揺するのではないかと思ったのだ。

しかし守博は少し戸惑ったような顔をしたものの、ありがとうございますと頭を下げた。そして枕で自分がいかに女性にもててこなかったかを訥々《とつとつ》と語り、笑いをとった。

やるやないか。

感心している淳文の前で守博が披露《ひろう》したのは『蛇含草《じゃがんそう》』だ。番組でやった演目だったせいもあるだろう、大いにうけた。しかしテレビと全く同じ噺をしたわけではない。若い女性が多いこの場に合わせて、言い回しや表現を柔らかめにしていたのには驚いた。大きな拍手と歓声を受ける守博を見て、男子三日会わざれば括目《かつもく》して見よ、という言葉を思い出した。

とはいえ、その後に出てきた小藤と真遊は、守博に向けられた以上の拍手と歓声を浴びていた。真遊の落語は洒落《しゃれ》ていて現代的で、何より明るく楽しかった。小藤の落語はしんみりとした味があり、不思議な色気が滲《にじ》んでいた。守博と比較的年が近い二人の高座を見て、初蝉の未熟さを感じた。

ヒロ君はまだまだや。

けど、凄い。前に比べたら、かなりの進歩や。

淳文は誇《ほこ》らしい気持ちで楽屋へ向かった。行き合った何人かの噺家に挨拶をされる。噺家だった頃の知り合いもいるが、かつて師匠の弥太郎《やたろう》と共にお茶屋遊びについて教授した者もいる。落語の勉強のためにお座敷にやってくる噺家もいるのだ。

「久しぶりやな、千市《せんいち》。やのうて弥助」

声をかけてきたのは、かつての師匠、栗梅亭真寿市《ますいち》だ。マネージャーや付き人はいない。一人だ。

彼は今日のトリである。出番にはまだ時間があるからだろう、Tシャツにジャケット、細身のパンツを纏《まと》った真寿市は、とても六十歳とは思えないスタイルの良さだ。一方で、彫りの深い整った面立《おもだ》ちには年相応の色気と渋さもある。老若男女に人気があるわけだ。

「こんにちは、師匠。ご無沙汰《ぶさた》してます。お元気そうですね」

「おう、元気やで。おまえも元気そうやな」

気さくに応じてくれた真寿市に、おかげさんで、と淳文は応じた。太鼓持ちになりたいと言った不肖《ふしょう》の弟子を快く送り出してくれた師匠には、今も深く感謝している。

「誰かに用事か?」

「萩家初蝉さんを待ってます」

「ほう、初蝉か。あいつ、最近ますますおもろなってきたなあ」

目を細めた真寿市に、淳文は瞬きをした。真寿市はいずれ人間国宝になるだろうと言われている、一流の噺家である。若手だろうがベテランだろうが、同じ噺家に世辞は言わない。

「もっと年いったら、うちの真遊なんか到底敵《かな》わんような噺家になるかもしれん」

「そうですか？　そこまでやないでしょう」

嬉しさを隠すために素っ気なく言うと、今度は真寿市が瞬きをする。かと思うとにやりと笑った。

「弥助、初蝉と親しいんやな」

「え？　いえ、そんなことは……」

「太鼓持ちとして付き合《お》うてるんやったら、一緒になって初蝉を褒めるやろ。褒めへんだけやのうて、突き放すようなこと言うてことは、かなり親しいてことや」

鋭い指摘に、淳文は苦笑した。真寿市は洞察力に長《た》けた人だ。きっと淳文と守博の関係を察している。

「まあ、そこそこ仲良うさせてもろてます」

敢えて知らないふりをして答える。

真寿市はからかうような笑みを浮かべた。

「おまえとの付き合いも、初蝉にええ影響を与えてるんかもしれんな」

「そんな、私は何もしてません」

「そうか？　まあ、おまえの方はけっこう影響されてるみたいやけどな」

思いがけない言葉に戸惑ったそのとき、楽屋にかかっていた暖簾《のれん》が閃《ひらめ》いた。出てきたのは今まさに噂をしていた人物、守博だ。真っ先に淳文を見つけてパッと顔を輝かせたものの、すぐ真寿市に気付いてペコリと頭を下げる。

「師匠、おはようございますっ」

「おう、おはよう。がんばってるようやな」

「は、ありがとうございますっ。精進《しょうじん》しますっ」

守博はまた勢いよく頭を上げた。真寿市はおもしろがる視線で守博を見た後、淳文に悪戯《いたずら》っぽい笑みを向けてくる。再び守博に目を移した真寿市は、ポン、とその広い肩を叩いた。

「おう、がんばれ。弥助も元気でやれよ」

はい、と応じて頭を下げる。守博もまたペコリと頭を下げた。

今し方守博が出てきた大部屋の楽屋ではなく、奥にある個室の楽屋へ向かう、真寿市の飄々《ひょうひょう》とした後ろ姿を見送る。

影響受けてるて、そんな顔とか態度に出てるんやろか……。

「淳文さん、来てくれはってありがとうございます」

嬉しそうに言った守博は、Tシャツに綿《めん》のパンツという格好だった。高座に上がっているときとは違って、どこにでもいるおとなしい青年に見える。

ほっとしたような、それでいて物足りないような、複雑な気持ちになりつつ、淳文は軽く守博をにらんだ。

「女の子のファンにキャーキャー言われとったな」

「えっ、いや、あれは……、真遊さんと小藤さんのファンの方が、俺もついでに見てくれてはるだけで……、俺のファンていうわけや……」

あたふたする守博に、淳文は笑った。全身で俺にはあなただけですと訴えかけてくる態度が可愛らしい。真寿市にも涼風《りょうふう》にも、淳文との関係を知られていることに全く気が付いていない鈍《にぶ》さも愛しい。

「わかってるわ。あの二人のときの歓声は凄かったもんな」

「はい。お二人は、人気だけやのうて落語も凄いですから」

「君の高座もおもしろかったで」

「へっ、あ、ありがとうございますっ」

嬉しげに頬を染めた守博を促《うなが》し、スタッフ用の出口へ足を向けた。

守博は淳文と並んで歩きつつも、すれ違うスタッフや噺家に律儀に頭を下げる。噺家だった頃、名が売れてくると別人のように威張《いば》り散らす先輩がいたが、守博はそんな愚《おろ》かではないようだ。ちなみにその先輩は噺家を廃業した。今、どこで何をしているのか知らない。

「ヒロ君、この後の予定は？」

「今日はこの高座だけです」

「そうか。そしたらこのままマンションに帰ろか」

はい！　と守博は嬉しそうに返事をする。

淳文は自然と頬が緩むのを感じた。

「その前にスーパー寄ってってもええか？　まだ早いし、今日は何か作るわ」

「えっ、作ってくれはるんですか？」

「簡単なもんしか作らんけど」

「いえ、そんな、嬉しいです！」

喜色満面《きしょくまんめん》で言った守博に、声大きいなあ、と笑いながら文句を言う。

すんませんと慌てて謝った守博と共に寄席を出た。たちまち蒸し暑い空気が全身を包む。

思わず顔をしかめると同時に、外にいた大勢の女性の視線が一斉にこちらを向いた。出待ちをしているらしい。大多数の女性は、すぐ興味をなくしたように視線をそらした。この暑い中待っているのは、恐らく真遊だろう。小藤のファンもいるかもしれない。

真遊と小藤も大変やな……。

そう思って先を急ごうとすると、脇から飛び出してきた女性二人が立ち塞《たふさ》がった。

守博がすかさず淳文の前に出る。

「何か用ですか？」

上から威圧するように見下ろすと、二十代半ばと思《おぼ》しき女性たちはびくっと全身を震わせた。

「あ、あのっ、萩家初蝉さんですよねっ」

一人が委縮《いしゅく》しながらも声をかける。

守博は戸惑いつつも、はいと頷いた。

女性二人は顔を見合わせ、何度も頷き合う。

「真遊さんと小藤さんの番組見てファンなりました！　今日の蛇含草もおもしろかったです！」

「あの、これ、差し入れです！　初蝉さんSNSしてはらへんから、どういうのが好きかわからへんくて、でもこれ、美味《おい》しいて評判のお店のやし、私も好きな焼き菓子なんで、どうぞ！」

「私も、自分が好きなお煎餅《せんべい》買ってきました、どうぞ！」

キラキラと瞳を輝かせた女性が、有名な洋菓子店の紙袋を差し出す。もう一人の女性も顔を真っ赤にして和菓子店の紙袋を差し出してくる。

言いがかりをつけられるとばかり思っていたらしい守博は、女性たちの想定外の反応に、あからさまに怯《ひる》んだ。

「う……、どっ、どうも、ありがとうございます……」

ぎこちなく礼を言って、守博はぎくしゃくと紙袋を受け取った。

「応援してます！」

「がんばってください！」

「はあ、どうも、ありがとうございます、よろしくお願いしますっ」

守博は、今度はペコペコと何度も頭を下げた。二人の女性もペコペコと頭を下げる。

なんだか微笑《ほほえ》ましい光景だ。周囲にいる真遊と小藤待ちの女性たちも温かく見守っている。

しかし守博の背後に立っていた淳文はムッとした。

——ヒロ君に色目を使うな。

また見に来ます！　と手を振る二人に見送られ、守博と共にその場を離れる。

「びっくりした……」

守博が小さくつぶやいた。本当に驚いているらしく、胸を撫で下ろしている。

その様子を見て、少し気持ちが晴れた。

「出待ちされるん、初めてか？」

「はい……。歩いてて声をかけられたことは、何回かありましたけど……」

やっぱり声をかけられてたか……。

きっとそのときも、ぎこちなく礼を言ってペコペコと頭を下げたのだろう。女性たちは守博に、ますます好感を持ったに違いない。

そう考えて、浮上した気持ちが再び沈む。

「ファンが増えてよかったやないか」

我知らず厭味《いやみ》っぽい言い方になってしまったが、守博は気付かなかったようだ。眉を八の字にして言葉を重ねる。

「たくさんの人に落語を聞いてもらいたいて思《おも》てたから、ほんまにありがたいです。ただ、今は物珍しいだけやと思うんです。一過性《いっかせい》のもんやと思うから、どうやって関心を持ち続けてもらえるかが問題ていうか、大事ていうか……。結局は、落語をがんばるしかないんですよね」

一人納得して、うんと頷く。若い女性にちやほやされて喜んでいる風はない。

淳文は小さく息を吐いた。守博は変わらない。イライラする必要はない。

守博はふいにこちらを見下ろしてきた。漆黒の瞳には真剣な色が映っている。

「来月の中頃に、東京落語の綾地亭矢羽根《あやじていやばね》さんと、二人会《ふたりかい》をさしてもらうことになったんです」

「えっ、二人会か。そら凄いな」

二人会とは、噺家二人だけが出演する会だ。

綾地亭矢羽根は、淳文でも知っている東京落語の若手の噺家である。年は確か二十六歳。昭和の大名人と呼ばれた綾地亭荒磯《あらいそ》の孫だ。すっきり整った容貌《ようぼう》と、粋《いき》で爽《さわ》やかな芸風が人気で、ドラマや映画にも出演している。きっと瀬島《せしま》芸能のマネージャーが動いたのだろう。

「この前、矢羽根さんが大阪に来はったときにお会いしたんです。東京と上方《かみがた》の交流を大事にしたいて言うてくれはって。三十分くらいのネタをやってほしいて言うてくれはりました」

そこまで言って、守博は真面目な顔になった。

「二人会の話を矢羽根さんが承諾してくれはったんも、物珍しいからやと思います。俺、東京へ行ったこと自体二回しかないんで、東京ていうだけでびびったんですけど、滅多《めった》にないチャンスやし、お話受けました。がんばって稽古して、東京でもおもしろいて言うてもらえるような落語をします」

真剣な口調だった。やはり少しも浮かれてはいない。

守博らしいと思う。応援しなくては。

しかし守博が東京の落語会に出れば、東京の女性にも人気が出るに違いない。むしろ守博のようなタイプは、しゃべりのおもしろさ重視の関西より関東でウケがいいような気もする。

もともと守博はゲイではない。淳文がそうだったように、ゲイ寄りのバイですらなかった。

若くて可愛らしい女性に惹かれることは充分ありうる。

「淳文さん?　大丈夫ですか?」

気遣うように呼ばれ、淳文は我に返った。

あれこれ考えていたせいで、いつのまにかしかめっ面《つら》になっていたようだ。

守博に心配そうな眼差しを向けられ、慌てて笑みを浮かべてみせる。

「ああ、大丈夫や」

「昨夜も遅《おそ》うまでお座敷やったんでしょう。疲れてはるのに来てくれはってすんません」

「平気やて。だいたい、僕が見に来たいから見に来たんやし。君こそ忙しいなるんやから、体調管理ちゃんとせんとな。夏バテせんように、栄養があるもん作るわ」

見上げて言うと、守博は顔をくしゃくしゃにして笑った。

「ありがとうございます。嬉しいです！」

ヒロ君にこういう顔をさせられるんは僕だけや。

そもそもヒロ君は、僕をめちゃめちゃ好きなんや。

心配することなど何もない。


改めてネットで調べてみたところ、綾地亭矢羽根は東京で若手四天王と呼ばれているらしい。上方落語界で若手四天王と呼ばれている栗梅亭真遊、栗梅亭市《いち》よし、山川小藤、萩家涼水《りょうすい》が定期的にやっている四人会《よにんかい》にゲスト出演したこともあるようだ。逆に、東京の若手四天王がやる落語会に、真遊、市よし、小藤、涼水もそれぞれ招かれていた。きっと東京の客たちは、萩家初蝉を真遊たちと同等の噺家として見るだろう。

淳文も一応噺家だったから、プレッシャーがかかるのはよくわかる。もし淳文が守博の立場だったら、寝る間も惜しんで懸命に稽古する。

それにしたって、会えんようになりすぎとちゃうか？

目の前のパソコンには、守博から届いたメールが表示されている。

淳文さん、こんばんは。蒸し暑いですけど、お元気ですか？　俺は元気です。この前、淳文さんがお休みやて言うてはった日ですけど、その日は栗梅亭市福《いちふく》さんの落語会に出さしてもらうことになって、伺うことができません。すみません。

昼前に目を覚まし、置屋《おきや》へ行くまでの時間にパソコンを開くと、このメールが届いていた。

淳文はしかめっ面で、パソコンの画面を軽く弾いた。

「なんやねん、ヒロ君のくせにムカつく」

理不尽とも言える文句を口にする。

マンションで一緒にすごしてから約二週間。一度も顔を合わせていないのだ。

恋人として付き合ってからも、二週間くらい会えないことはあった。しかし、お互い忙しいから仕方ないと思って気にしなかった。

とはいえ今の守博の忙しさは、これまでの忙しさとは違う。寄席の出番はもちろん、大阪のみならず地方の落語会に呼ばれる機会も増えているらしい。一泊二日で遠征することもあるようだ。瀬島芸能がマネジメントを始めたせいで、雑誌の取材もぽつぽつと入っているという。東京の落語会に向けて熱心に稽古もしているはずだし、守博のことだから唄の稽古も休んでいないだろう。

それでも一日に一度はメールをくれる。電話をくれるときもある。

そう、決して放っておかれているわけではない。守博なりに連絡をとってくれている。

にもかかわらず、会えないことで不満に思うのは、守博のファンを目《ま》の当たりにしたせいだ。きっと行く先々で女性が待ち受けているに違いない。

おもしろくない。もやもやする。

まさか、会えへん間に浮気してるんとちゃうやろな……。

守博に限ってそんなことは絶対ないと思うものの、どうにも落ち着かない。

――不意打ちで電話したろ。

時刻は正午すぎ。高座に上がっているか、あるいは打ち合わせや稽古の最中で、スマホの電源を切っているかもしれないが、出られないなら出られないでいい。淳文から電話があったとわかればいいのだ。

声が聞きたい気持ち半分、意地悪半分で固定電話の子機を手にとり、登録してある守博の番号を呼び出す。通話ボタンを押した淳文は子機を耳にあてた。

ルルルルル、と呼び出し音が鳴る。電源は切られていない。二回、三回、四回。

十二回鳴ったところで仕事中かと通話を切ろうとしたそのとき、ふいにつながった。

『は、はひっ』

よほど慌てて出たらしく、間の抜けた声が聞こえてきて、思わず笑ってしまった。

「ヒロ君？」

『は、はい、俺です、こ、こんにちはっ』

どうやら屋外にいるらしく、ざわざわと周囲の音が聞こえてくる。

「こんにちは。急にごめんな。今、しゃべってて大丈夫か?」

『えっ、や、あの、今はちょっと……』

「外にいるんやな。移動中か?」

『あ、いえ、はいっ。あの、いや、すんません』

はっきりしない守博に、不審感を覚える。

「なに? 電車に乗ってんの?」

『いえ、電車では、ないんですけど、はい、あの、はい』

守博はつっかえつっかえ返事をする。恋人に電話をもらえてテンションが上がっている、というわけではなさそうだ。なんだかやけに焦《あせ》っている。

どうしたんや。

不審感が増したそのとき、初蝉君、と呼ぶ女性の声が子機から微《かす》かに聞こえてきた。

すんません、ちょっと待ってください、と守博は慌てて返事をする。が、すぐにこちらの会話に戻った。

『あの、えと、あ、また後でかけ直します。あの、三十分後くらいやったら大丈夫ですか?』

「や、もううち出るから、電話かけても出られへんで」

『え、そうなんですか。そしたら、今日の夜は……』

「かけ直してくれんでええよ。今日はお座敷入ってるから、帰りは何時になるかわからんし」

『や、けど、淳文さん、なんか俺に話したいことがあったんと違うんですか？』

「いや、別に何もないで。ちょっとかけてみただけやから気にせんといて。そしたらまたな」

淳文さん、と呼ぶ声を無視して、淳文は通話を切った。

誰や、今の女……。

胸がざわざわと騒ぐ。

ファンか、瀬島芸能のスタッフか。どちらにせよ、守博が妙に焦っていたのが気にかかる。

涼風が結婚したと聞いたとき、ショックで胸が張り裂けそうだった。あれほど強烈ではないものの、とても無視できる不快感ではない。

そうや。不意打ちで会いに行ったろう。


その日の夜、淳文は早速守博のアパートへ向かった。お座敷が終わってから出かけたので、乗ったのは最終電車だ。守博もさすがにこんな夜遅くに淳文が訪ねてくるとは思わないだろう。

守博が住んでいるのは、路地の奥にある古いアパートらしい。らしい、というのは、住所は知っているものの、アパートへ行ったことがないからだ。

ほんまに古いんで、淳文さんに来てもらえるようなとこやないんです、と言っていた。

アパートから少し離れた場所でタクシーを降りると、湿気を含んだ蒸し暑さが全身を包んだ。八月も終わろうとしているのに、まだまだ残暑が厳しい。

淳文はふと虚《むな》しいような、あきれたような、それでいてひどく恥ずかしい気持ちになった。

僕、こんな時間にこんなとこまで来て何やってんのやろ……。

年下の恋人の浮気が気になって、夜中にアパートを訪ねるなんて、客観的に見ると鬱陶《うっとう》しくて面倒な男以外の何者でもない。そもそもその恋人は、誠実の塊《かたまり》と言っても過言《かごん》ではない男で、浮気をするような要素は全くないのだ。帰って頭を冷やすべきだろう。

けど、せっかくここまで来たし。どんなとこに住んでるかだけでも見て帰ろう。

自分で自分に言い訳をしながら歩き出す。ぽつぽつと街灯が灯《とも》っているものの、辺りは暗い。はっきりとは見えないが、古い町並みのようだ。

今まで付き合った恋人もセフレも、夜中に突然訪ねてきたことはあっても、自《みずか》ら訪ねたことはなかった。相手の必死な様を見てかわいく思う一方で、あきれてもいた。まさか自分があきれられる立場になるなんて想像もしなかった。

おまえの方はけっこう影響されてるみたいやけどな。

真寿市の言葉がふいに耳に甦《よみがえ》る。

そんだけ僕がヒロ君に影響されてるってことか？

涼風師匠を想うときみたいには、胸が痛《いた》なったりせんのに？

今日のお座敷でも、太鼓持ちの仕事はきちんと果たした。客には楽しんでもらえたと思う。ただ、少しでも気を抜くと、初蝉君、と呼んだ女の声が耳に甦ってきそうで、いつも以上に周囲に気を配ったが。

影響云々《うんぬん》はともかく、僕がヒロ君を好きなんは間違いない。

自嘲しつつ路地を曲がる。守博が住むアパートは、確かこの少し先だ。

二階建ての小さなアパートが見えた。築五十年は経《た》っていそうな建物である。

ちゃんと耐震化しているのか心配になったそのとき、一階の真ん中の部屋の玄関のドアが開いていることに気付く。

外にいるのはワンピースを身につけた、ボブカットの小柄な女だ。年は二十代くらいか。男が玄関先まで出てきて応対している。女が男を訪ねてきたらしい。

早《は》よ部屋に入れたったらええのに。

そう思って陰から窺うと、男の顔が見えた。

ドキ、と心臓が滑稽《こっけい》なほど跳ねる。

——ヒロ君や。

部屋の中から漏れる光のせいで表情はよく見えないが、間違いない。Tシャツにスウェットという部屋着だ。深夜だからだろう、声を抑えているらしく、会話の内容は聞こえない。しかし真剣な話をしているのはわかる。

あの女が出入りしてるから、僕をアパートに来させへんかったんか？

淳文は咄嗟《とっさ》に踵《きびす》を返した。早足で今来た道を引き返す。

電話で話していたとき、初蝉君、と呼んだ女だろうか。いや、わざわざ夜遅くに訪ねてきているのだから、仕事の関係者ではないだろう。もしかして姉か妹か？　しかし守博のきょうだいは弟だけだと聞いている。つまり、特別な関係としか思えない。

足がもつれて、何もないところで転びそうになった。どうにか体勢を立て直したものの、胸はざわざわと騒いでいる。息が苦しい。

ヒロ君のくせに、何やねん。めちゃめちゃムカつく。

翌朝になってパソコンを開くと、守博《もりひろ》からメールが届いていた。

こんばんは、淳文《あつふみ》さん。昼間は電話ありがとうございました。外にいたので、ちゃんとお話しできなくてすみません。用事はないて言うてはりましたけど、ほんまですか？　都合のええ時間を言うてくれはったら電話しますから、教えてください。

発信時刻は午後十一時すぎだった。女性と会っていた時間より早い。

女に会う前に、適当に打ったんか。やっぱり女の方がええんか。

苛立ちに任せて問いつめるメールを送ってしまいそうだったので、敢《あ》えて返信しなかった。自分が惨《みじ》めになるような、みっともない真似はしたくない。夜になってようやく、ほんまに用事はないから気にせんといて、と返した。

さすがにおかしいと思ったのだろう、守博は電話で話したいとメールを送ってきた。ちょっと忙しいからメールで、と返事をした。

それでも一度、思い切ってカマをかけてみた。

今日、ボブカットで小柄な女の子が、君が載ってる雑誌見てキャーキャー言うてたで。

我ながら白々《しらじら》しいと思いつつ、そんな内容を送った。

ほんまにありがたいです。もっといろんな人に見てもらえるように、落語がんばります。

生真面目《きまじめ》で、ある意味頓珍漢《とんちんかん》な返事に、やっぱりヒロ君は浮気なんかしてへん、と思った。

――けど、ごまかしてるように見えんこともない。

淳文が電話をかけたとき、守博がひどく慌てていたのは事実だ。

浮気ではなく何か特別な理由があるのなら、そう言ってくれればいいではないか。

いや、でも、僕があの女は誰やて聞いたわけでもないのに、女の話題を持ち出す理由がない。

そもそも守博は、淳文がアパートを訪ねたことを知らないのだ。

スマホを持っておらず、頻繁《ひんぱん》に連絡できないのが良かったのか悪かったのか。核心に触れないまま、奥歯に物が挟《はさ》まったようなやりとりをしているうちに、一度も顔を合わせることなく八月が終わってしまった。

職場も職種も違う。一緒に暮らしてもいない。遠距離ではないものの近距離とも言えない状況では、お互いに会おうと努力しなければ、会うことすらできないのだと実感する。このまま自然消滅してもおかしくない。

そんなんは嫌や。自然消滅なんかしたない。

「弥助《やすけ》」

ふいに呼ばれて、淳文はハッと顔を上げた。

襖《ふすま》から顔を覗かせているのは、置屋《おきや》『たけもり』の主人——おかあさんだ。同じようなことを何度も自問自答し続けているせいで、いつのまにかぼんやりとしてしまっていた。

「そろそろ仕度せんと、間に合えへんえ」

「あ、はい。すんません」

淳文は慌てて頷いた。『たけもり』を含め、関西一円の花街《かがい》で働く太鼓持《たいこも》ちは、弥助一人だ。小さいが、仕度する部屋を一室与えられている。

素早く着替えを始めると、おかあさんが心配そうな視線を向けてきた。

「あんたらしいないなあ。具合でも悪いんか？」

「いえ、平気です。すんません」

「そうか？　まだ蒸し暑いし、具合悪かったらちゃんと言うんやで」

はいと頷いてみせると、おかあさんはようやく去っていった。

おかあさんに気ぃ遣わせるなんて、あかんなあ……。

涼風《りょうふう》に長い片想いをしていた間ですら、こんな風にぼんやりしたことはなかった。

大きく息を吐いて、淳文は着物に袖《そで》を通した。大学で落研《おちけん》に所属していた頃から着物を身につけているので目を閉じていても着られるが、今日は意識してきちんと身につける。帯をきつめに締めると、心もしゃんとした気がした。

カラカラ、と玄関先で引き戸が開く音がする。玄関に近い場所に部屋があるので、来客があればすぐにわかる。こんにちは、という男の声が聞こえてきて、ギクリと全身が強張《こわば》った。

ヒロ君の声や。

はぁい、とおかあさんが返事をする。トントンと玄関へ向かう足音がした。

「ああ、初蝉《はつぜみ》さん。お越しやす」

「こ、こんにちは。は、はじめまして。あの、突然お邪魔してすみません」

守博がペコペコと頭を下げるのがわかる。

以前、守博に家の電話番号を教えるかわりに『たけもり』の連絡先を教えた。おかあさんにも、贔屓《ひいき》にしてくれている萩家《はぎや》涼風の弟子だと話し、電話があったら取り次いでくれるよう頼んだ。今まで守博が『たけもり』に来たことはなかったが、おかあさんは守博の顔を覚えてくれていたらしい。

「あ、あの、置屋さんに直接お伺いするんは、やったらあかんことやてわかってるんですけど、あつ……、弥助さんに、なかなか会えんので……。押しかけてしもてすみません。あの、弥助さんにお会いしたいんですけど、おられますか？」

「弥助に用事どすか？」

いるともいないとも答えず、おかあさんが尋ねる。

はい、と守博は小さな声で応じた。

「ちょっとだけでええから、お会いしたいんです」

「へえ、そしたらちょっと待っといてもらえますやろか」

言い置いて、おかあさんは淳文がいる部屋に近付いてきた。そっと襖が開き、おかあさんが顔を覗かせる。少し困ったように眉を寄せていた。

「初蝉さんが会いたい言うてはるけど……」

小柄な女性と向かい合っていた守博の姿が脳裏《のうり》に浮かぶ。

あの女性が誰だったのか、本人に聞けばはっきりする。

しかし、はっきりするのは嫌だ。

「申し訳ないですけど、帰ってもろてください」

「会わへんのか？」

「はい」

「お断りしてええんやな？」

はいと再び応じると、わかったとおかあさんは頷いた。静かに襖が閉まり、足音が遠ざかる。

淳文は我知らずほっと息をついた。しかし胸はズキズキと痛んでいる。

自分が勝手なことをしている自覚はあった。せっかく訪ねてきてくれたのだから、きちんと話すべきだ。それをしないのは、自分が傷つきたくないからだ。

「すんまへん、初蝉さん。弥助は仕度が忙しいて」

守博が何と答えるか、息をつめて耳をすませる。

沈黙が落ちた。やがて絞《しぼ》り出すように、わかりました、と応じる。

ただでさえ痛かった胸が、更に痛みを訴えた。

「あの、そしたら、これ、あつ……、弥助さんに渡しといてもらえますか？」

おかあさんが訝《いぶか》しげな顔をしたのか、守博は慌てたように言葉を重ねる。

「あ、変な物は入ってません！　東京の落語会のチケットと、新幹線の切符が入ってるだけです。今、ここで改めてくれはっても大丈夫です」

「いえいえ、すんまへん。そしたらお預かりします。弥助に伝えとくことはありますか？」

また沈黙が落ちる。

守博が懸命に言葉を探しているのがわかった。

「あの……、時間があったら、見に来てほしいて、お伝えください」

「それだけどすか？」

「はい、それだけです」

静かな物言いに、ズキリと胸が疼《うず》く。

今度はおかあさんがわずかの間、沈黙した。

「わかりました。伝えときますさかい」

「どうぞ、よろしくお願いいたします」

カララ、と引き戸が閉まる音が聞こえた。帰ったようだ。

いつのまにかつめていた息を吐き出す。しかし胸は痛んだままだ。

しばらくすると、再び襖が開いた。中へ入ってきたおかあさんは、淳文の傍《そば》に腰を下ろす。

そして小さくため息を落とした。

「聞こえてたやろ。これ、初蝉さんから」

畳《たたみ》の上に置かれたのは白い封筒だった。

「すんません、ありがとうございます」

おかあさんに頭を下げた淳文は、封筒を恐る恐る手に取った。

封はしていない。中から出てきたのは、落語会のチケットと新幹線の往復切符だ。

お金に余裕があるわけやないのに、往復切符まで買《こ》うてくれたんか……。

もしかして手紙やメモが添えられていないかと封筒を探ったが、入っていたのは本当にチケットと切符だけだった。何と書いていいかわからなかったのか、それとも、置屋へ行けば話せると思っていたから書かなかったのか。

ていうか、手紙がほしいなんて、僕はほんまに勝手で浅ましい。

「あんた、前にも初蝉さんの電話に出んと、落語会のチケット送ってもろたことあったやろ」

おかあさんのあきれたような口調に、はい、とうつむいたまま頷く。

まだ付き合う前、遊び相手だった男との揉《も》め事に守博を巻き込んでしまった。涼風への想いがつのっていたところへ結婚の話を聞いたのだ。正直、自棄《やけ》になっていた。

あのときも守博とまともに話さなかった。それどころか守博は何も悪くなかったのに、八つ当たりをして傷つけた。酷《ひど》いことをした自覚があったから決まりが悪くて、置屋にかかってきた守博からの電話に出られなかった。

僕はまたヒロ君に同じことをしようとしてる。

いや、もうしてしまっているのだ。

——僕は最悪や。

おかあさんは真面目な顔でこちらを見つめた。

「あんたもええ年の大人や。プライベートに口を出すつもりはあれへんけど、あない一生懸命で真面目なお人を、何べんもないがしろにしたらあきまへんえ。中途半端なことするんやったら、いっそ付き合いなはんな」

厳しい物言いに、はい、と淳文は小さく頷いた。おかあさんの言う通りだ。

弥助が封筒を握りしめたのを見たおかあさんは、ため息を落とす。

「その落語会、いつえ？」

「明後日《あさって》……、九月十二日です」

「さよか。あんた、明後日はお座敷入ってへんかったさかい、休んでもかまへんえ。とにかく、行くなら行く、行かんのやったら行かんで、はっきりしなはれ」

わかりました、と淳文は再び返事をした。

本当のことを知るのが怖いからといって、守博を傷つけていいわけがない。

——ああ、僕は怖いんか。

それくらい、守博を好きになっている。

あまりないがしろにしていると、今は嫌われなくても、いずれ嫌われてしまうかもしれない。

今更のように胸が強く痛んだ。

嫌や。ヒロ君に嫌われとうない。

綾地亭矢羽根《あやじていやばね》と萩家初蝉の二人会《ふたりかい》は、小さなホールを貸し切って行われた。矢羽根のファンが多いからだろう、客の約半数は若い女性だった。落語通らしき年配の客や男性客もちらほら見える。

淳文が腰かけた席の後ろには、若い女性たちが座った。

「ねえ、萩家初蝉って噺家《はなしか》知ってた？」

パンフレットをぱらぱらとめくる音がする。ううん、知らなかった、ともう一人が応じた。

守博が出演した真遊《しんゆう》と小藤《こふじ》の落語番組は、東京では放送されていない。上方《かみがた》落語に興味がない人は初蝉の名前すら知らなくて当然だ。女性たちは話を続ける。

「矢羽根君が二人会をやるって知ってから調べたんだけど、若いのにSNSやってないし、動画もほとんど上がってないから、事務所のサイトを見るしかなかったんだよね。とりあえずわかったのは、前に見た萩家涼水《りょうすい》の兄弟弟子《きょうだいでし》ってこと」

「ああ、涼水さん！　創作落語をやった人だよね。落語もトークもおもしろかった！」

「でも芸風は涼水さんと全然違うみたい。真遊君と小藤君の番組にゲスト出演したときの動画を見たんだけど、滑稽噺《こっけいばなし》なのに、なんていうか、物悲しいっていうか、かわいそうっていうか、切ないっていうか。そんな感じ」

「何それ。笑える噺なのに悲しいって、おもしろくないってこと？」

「や、おもしろくないことはないんだけど、なんか悲しいんだよね」

いや、それで合《お》うてるよ。

淳文は心の内で頷いた。結局、今日まで守博と会えなかったが、メールは送った。

チケットと新幹線の切符ありがとう。せっかく来てくれたのに、会えんでごめん。落語会見に行きます。がんばって。

守博からはすぐに返信があった。

嬉しいです！　ありがとうございます。がんばります！

新幹線に乗っている間、改めて己の身勝手さと臆病さを思い返し、後悔と自己嫌悪に苛《さいな》まれた。ヒロ君の方が僕に惚れてる。僕も好きやけど、ヒロ君が僕を好きなほどには好きやない。そんな考えをしていた自分は、とてつもなく傲慢《ごうまん》だったと気付いた。

同時に、このところ涼風のことを少しも想わなかったと思い至った。守博と会えなかった間、本当に守博のことばかり考えていた。

また、かれこれ一ヵ月ほどセックスをしていなかったのに、したいと思わなかったことにも気付いた。改めて振り返ると、これは衝撃だった。端的《たんてき》に言ってセックスは好きだ。だからこそ涼風に片想いをしていた間も、セフレと体を重ねてきた。しかし今、守博とできないのなら、他の誰ともしたくないと思う。

ちゃんと女のこと聞いて、電話したときに慌てて理由も聞いて、冷とうしてごめんて謝らんと。

あの女が好きやて言われたら、もうどうしようもないけど……。

しかし本当に浮気をしていたとしたら、あの守博が堂々と置屋に来られるだろうか?

——あかん。また堂々巡りや。

淳文が大きく息をつくと同時に、開演を知らせるブザーが鳴った。最初に守博が高座《こうざ》に上がり、次に矢羽根が上がる。その後、トークの時間が設《もう》けられているようだ。

守博の演目は、稽古していると言っていた『骨つり』である。淳文も守博の口演《こうえん》を見るのは初めてだ。

まずはヒロ君の落語や。

淳文は背筋を伸ばして舞台を見上げた。

古い流行歌をジャズ風にアレンジしたお囃子《はやし》が鳴る。初蝉の出囃子《でばやし》だ。

舞台袖《そで》から守博が出てきた。若干《じゃっかん》うつむき加減で猫背だ。精悍《せいかん》な面立《おもだ》ちには緊張した表情が映っている。決して明るい雰囲気ではない。むしろ暗いが、独特の存在感がある。

東京もまだ蒸し暑いからだろう、守博は淳文が贈った上布《じょうふ》の高座着を身につけていた。落語番組でも着ていた着物だ。やはりよく似合っている。

じわりと胸の奥が熱くなった。

「けっこうかっこよくない?」

「うん。動画で見たより渋い」

背後の女性たちのはしゃいだ会話を、聞くとはなしに聞く。

見つめた先で、守博はそそくさと座布団に座った。間を置かず、深々と頭を下げる。

拍手が湧いた。期待値の高さを表すように、なかなか大きな拍手だ。

守博が顔を上げたほんの一瞬、目が合った。ドキ、と心臓が跳ねる。

今、目の前にいるのは最相《さいしょう》守博ではない。萩家初蝉だ。

まっすぐな眼差しはすぐにそれ、客席全体を素早く見渡した。

「えー、わたくし、萩家初蝉と申します。綾地亭矢羽根さんにお声をかけていただき、大阪からやって参りました。どうぞ皆様、お見知りおきを」

わずかに濁《にご》りのある低い声が、やや早口で自己紹介をする。

再び拍手が湧いた。

ぎこちなく笑った守博は、早速《さっそく》話し始める。

演目に入る前の枕で、東京に来るのはこれが三回目であること、しかも最初はテーマパークへ行くために通りすぎただけだったこと、二回目は高校の修学旅行で来たこと、その際に隅田《すみだ》川《がわ》で屋形船《やかたぶね》に乗ったことを訥々《とつとつ》と話した。東京への対抗心があるわけではなく、殊更《ことさら》大阪を主張するわけでもなく、ただ己の体験と感じたことを話しているだけだ。しかし、どことなく滑稽で、それでいて物悲しげである。

上方の噺家だから賑やかな芸風だと思っていたのだろう、客たちは最初、戸惑ったようだ。

しかしその静かな話しぶりに、次第に引き込まれていく。

屋形船の話をきっかけに、守博は『骨つり』を話し始めた。

「吹けよ川風、揚《あ》がれよ簾《すだれ》……」

守博——否《いな》、初蝉が唄い出す。三味線《しゃみせん》とお囃子が軽やかに鳴る。

あくまでアマチュアとしてだが、『愛宕山《あたごやま》』の中で唄っていたのより上手い。稽古の成果が出ている。お囃子さんとの息も、よく合っていた。

爽やかな秋の風が吹く中、若旦那と太鼓持《たいこも》ちだけでなく、芸妓《げいこ》や舞妓《まいこ》、仲居やお茶屋のおかみさんまでも乗せた、華やかな屋形船が木津川《きづがわ》を下る。

ああ、凄《すご》い。

まるで自分も屋形船に乗っているようだ。かと思うと、遠くから賑やかな屋形船を見ている気分にもなる。

魚釣りをやろうと言い出す若旦那。しかし太鼓持ちは手が生臭くなるし、不気味な餌《えさ》も扱わなくてはいけないから、魚釣りはやりたくないと言う。が、若旦那が釣った魚の大きさに合わせて金をやると言うと、にわかにやる気になる。

生臭いのが嫌だと言う太鼓持ちの情けなさ、簡単に金につられる卑《いや》しさ。人間くさい太鼓持ちがなんとも言えずおかしいし悲しい。大きな笑いは起きないが、くすくすとあちこちから忍び笑いが漏れる。

魚釣りを始めた太鼓持ち。しかし、苦労の末にようやく釣れたのは骸骨《がいこつ》だった。太鼓持ちは大騒ぎするが、若旦那に諭《さと》されて馴染みの寺に骸骨を持って行き、供養《くよう》してやる。

その夜、太鼓持ちが住む長屋に美しい女が訪ねてきた。女は太鼓持ちが釣り上げた骸骨だという。供養してくれた礼をしにやってきたのだ。

——女の色気が足りない。全体的に硬い。儚《はかな》さもあまり感じられない。

しかし幽霊のおどろおどろしい雰囲気や、川に身を投げた女の悲しみは、よく伝わってきた。萩家初蝉らしい女の幽霊だ。

さて、翌日。太鼓持ちと同じ長屋に住む独り身の男は、美しい女の幽霊と一夜を共にしたことを大いに羨《うらや》ましがる。そして自分も美人の幽霊に会いたいと、張り切って釣りに出かける。

アホやなあとあきれつつも、美人なら幽霊でも何でもいいという男の現金さとバイタリティに苦笑いしてしまう。やはり守博は、欲に駆られた人間をやるのが上手い。

しかし骸骨は全く釣れなかった。徐々に日が傾いてきて、男は焦《あせ》る。なんとか岸辺で骨らしき物——骸骨ではない——を見つけた男は大喜びする。どうしたのだと問いかける通行人に、今夜、とびきり濡《ぬ》れの利いた女子《おなご》と飲む約束をしたのだと自慢する。

勇《いさ》んで寺へ向かった男は骨を供養してやる。ご丁寧に住所と名前を告げ、待ってますよって、気ぃ付けて来とくなはれや、と寺なのに盛大に柏手《かしわで》を打つ始末だ。男の浮かれ具合に、笑いが起きる。この辺りは『骨つり』の流れと異なる。『野ざらし』に近い。サゲを変えるようだ。

男はうきうきと酒を用意して、美人の幽霊が現れるのを待つ。幽霊が訪ねてきたら、ああしようこうしようと妄想を膨《ふく》らませるのがおかしい。普段は全然モテへんのやろなあ、アホやなあ、とまたあきれて笑ってしまう。

しかし幽霊は一向に訪ねてこない。うつらうつらしているうちに夜が明けてしまう。そこへ現れたのは、三味線を携《たずさ》えたお座敷帰りの太鼓持ちだ。昨日、男が女と飲む約束をしたとはしゃいでいたのを見ていたらしい。

へべれけの太鼓持ちは、三味線をかき鳴らしながら調子っぱずれに唄う。吹けよ川風、揚がれよ簾。中の小唄《こうた》の主《ぬし》見たや。——冒頭に出てきた唄だ。

太鼓持ちは陽気に尋ねる。

「どないや、別嬪《べっぴん》の骨は来たか?」

男は寝ぼけ眼《まなこ》で三味線を見つめる。

「ああ……、あれは、猫の骨やったか……」

笑い泣きしながらつぶやいて、守博は深々と頭を下げた。

刹那《せつな》、我に返ったように誰かが拍手をする。それを合図に拍手が広がった。

やや猫背でせかせかと舞台袖《そで》へとはける守博に、淳文も拍手する。気が付けば、鳥肌が立っていた。

早口で聞き取りにくいところや間が悪いところなど、粗さも散見《さんけん》された。女の幽霊の色気は、圧倒的に足らなかった。

しかし引き込まれた。三十分ほどもある噺なのに、長いと感じなかった。そう、飽きなかったのだ。それどころか、もっと初蝉の落語の世界に浸《ひた》っていたいと思った。

「なんか不思議な感じだったね。グロいし下品なところもあるのに、全然嫌じゃなかった」

「ね、おもしろいのに物悲しいって言ってたの、どういうことかわかったでしょ?」

「うん、わかった！　悲しいけどおもしろい」

後ろの席の女性たちが言葉をかわす。

大きな笑いは起きなかったが、悲しみを含んだおかしみは、観客の心をつかんだようだ。

もちろん淳文も心をつかまれた。萩家初蝉はきっと大成する。

僕の恋人は、たいした男や。


守博《もりひろ》に会いたい気持ちを抑え、淳文《あつふみ》は早々に東京を後にした。

きっと、二人会《ふたりかい》の終了後に打ち上げがあるだろう。もしかしたら次の落語会の打ち合わせや、東京でのメディアの仕事の打診、矢羽根《やばね》以外の東京の噺家《はなしか》との交流もあるかもしれない。噺家、萩家初蝉《はぎやはつぜみ》の将来を考えれば、周囲とのつながりは大事だ。個人的なことで時間をとらせるわけにはいかない。

守博は淳文が見に来たと気付いたはずだ。ひとまずそれでよしとした。

今まで散々振りまわしといて、僕がヒロ君の邪魔をするわけにはいかん。

それにしても、トークはえげつないくらいぐだぐだやったな……。

夕飯を外で済ませてからマンションに戻ってきた淳文は、思い出して苦笑した。

矢羽根の落語が終わった後、守博は矢羽根と共に改めて舞台に上がった。お互いの落語についての感想をはじめ、初対面のときの印象などを語り合った。

テレビ番組と同じでだいたいの台本があったはずだが、守博は口ごもる、つっかえる、噛む、と散々だった。高座《こうざ》では暗いながらもつまることなく話していたから、客たちは驚いたようだ。

それでも笑いが起きたのは、矢羽根がうまくフォローしてくれたのと、観客が温かく見守ってくれたおかげだ。

僕は、ああいうヒロ君も好きやけど。

ふいに胸が熱くなる。目の奥も熱くなった。

会いたい、と思う。ヒロ君に会いたい。

視界が滲《にじ》んで目許《めもと》を拭《ぬぐ》ったそのとき、ピンポーンとチャイムが鳴った。壁にかかった時計を見上げると、深夜零時《れいじ》をすぎている。

誰や、こんな時間に。

モニターで確認すると、守博の顔がアップで映った。肩で息をしている。

『あ、あつ、淳文さん、あけ、あ、開けてくださいっ』

「え、あ、うん」

勢いに押されてロックを解除する。ありがとうございやす！　と江戸っ子なんだか噛んだだけなのかわからない礼を言って、守博は駆け出した。

ヒロ君にしては挨拶《あいさつ》もなかったな……。

ていうか、帰ってきたんかいな。

淳文は咄嗟《とっさ》に自分の格好を見下ろした。着古したTシャツに、くたびれたスウェット。今まで守博が泊まりに来るときは、なるべくきれいな衣服を身につけていた。こんな気の抜けた格好は一度もしたことがない。

え、どうしよう。着替えた方がええやろか。

玄関のドアが開く音がした。お邪魔します！　という声が聞こえたかと思うと、ダンダンダン！　と足音が近付いてくる。リビングのドアが勢いよく開いた。

現れたのはポロシャツとデニムを身につけた守博だ。真っ赤な顔をした彼は、駆け寄ってきた勢いのまま淳文に飛びついた。長い腕がぎゅうぎゅうと強く抱きしめてくる。

「が、楽屋に、来てくれはるて思《おも》てたのに、帰ってしまわはるから……！　めっちゃ、焦《あせ》りました……！」

「打ち上げとかあるやろうから、僕がいたら邪魔やろう思て……。あ、チケットと切符、届けてくれてありがとう」

「全然、邪魔やないですっ。来てくれはって、めちゃめちゃ嬉しかった。ありがとうございます……！」

涙声が耳元で囁く。

耳に入り込んできたその声が火をつけたように、全身が一気に熱くなった。

ああ、ヒロ君が僕を抱きしめてる。

淳文は広い背中に腕をまわした。守博が熱いため息を落としたのが、密着した体を通して伝わってくる。

「俺が、何かしてしもたんですよね。せやから、会《お》うてくれはらへんかったんでしょう」

「や、それは、ヒロ君が何かしたわけやない。僕が勝手に……」

そうだ。ちゃんと気になっていたことを聞かなくては。

「前に僕が電話かけたとき、めっちゃ焦ってたやろ。あれはなんで？」

「あれは、警察にいたからです」

「警察？」

驚いて体を離そうとしたが、守博の腕はびくともしなかった。

守博は淳文を二度と離すまいとするかのように抱きしめたまま、言葉を紡《つむ》ぐ。

「ファンの人が、ストーカーっぽい感じになってしもて、事務所の人と弁護士さんと一緒に、警察に相談に行ってたんです」

「そんな大変なことになってるんやったら、言うてくれたらよかったのに」

「淳文さんに、心配かけとうのうて……。最初は付きまといとか、何通も婚姻届送ってくるとかやったんで、そんな目くじら立てることもないかて放置してたんですけど、とうとううちまで来るようになったんで、さすがにまずいと思て警察へ行くことにしたんです」

守博のアパートで見た小柄なボブカットの女性が脳裏《のうり》に浮かんだ。

あれは浮気相手やのうて、ストーカーやったんか……。

内心でほっとしたものの、今度は別の点が気になる。

「君、夜中にストーカーが訪ねてきても相手したらあかんで」

「すんません……。弁護士さんに注意してもろた後やったから、もう大丈夫やて思い込んでたんです。あのとき、涼水《りょうすい》兄さんと市《いち》よしさんが心配して来てくれてはって、余計油断して出てしもて……。結局、涼水兄さんが警察を呼んでくれはって、帰ってもろたんですけど……」

そこまでぼそぼそと説明した守博は、ふいに腕の力を緩《ゆる》めて上半身だけを離した。

赤くなった目がじっと見つめてくる。

「俺のアパートにストーカーが来たこと、なんで知ってはるんですか？」

淳文は咄嗟に目をそらした。

頬が熱い。耳も首筋も熱い。きっとどこもかしこも真っ赤になっている。

「僕が君に会いに行ったらあかんの？」

顔を背《そむ》けたまま素《そ》っ気《け》なく言うと、守博が息をつめる気配がした。

「え……、あの、ほんまに、来てくれはったんですか？」

「そうや」

「あんな遅い時間に、わざわざ……？」

「そうや！」

ほとんど自棄《やけ》で応じると、再び勢いよく抱きしめられた。

「あり、ありがとうございます、嬉しいです！　電話くれはったとき、俺が変やったから心配してくれはったんですよね。あのとき、ちゃんとほんまのことを話したらよかった。すんませんでした」

あくまでも自分を責める守博に、ううん、と首を横に振る。

「ヒロ君は悪《わる》ない。僕が変に勘ぐったんが悪いんや」

「勘ぐったて……」

「ヒロ君が、浮気してるんやないか思て……。そんなこと、絶対、百パーセントないてわかってたけど、好きやから、どうしても気になって……」

抱きしめてくれる体の熱に促《うなが》され、ぽつぽつと本音を漏らす。

すると守博はまた息をつめた。

「淳文さん……！　好きです、大好きです……！」

低く掠《かす》れた声が耳を直接くすぐる。腕の力が強すぎて痛かったが、逃《のが》れようとは思わなかった。逆に広い背中を抱きしめ返す。自分が着ているTシャツと守博が着ているポロシャツ越しに、内に激しい熱を秘めた体の感触が伝わってきた。

情欲が一気に突き上げてくる。体の芯が焼け焦げるような感覚に陥《おちい》る。

思わず甘い息を吐くと、淳文さん、と呼ばれた。隠しきれない獰猛《どうもう》さが滲《にじ》む声に、背筋に寒気に似た痺《しび》れが走る。我知らず全身が震えた。

「したい、したいです。抱いてええですか？」

うん、と迷うことなく頷く。

「僕もしたい。抱いて」

欲望のまま喘《あえ》ぎながら囁いた唇を、乱暴に塞《ふさ》がれた。

たちまち濡れた舌が入り込んでくる。喜んで迎え入れると、舌が淫《みだ》らに絡《から》み合った。

凄《すご》い、気持ちええ。

息をするのも忘れ、夢中で守博の唇と舌を貪《むさぼ》る。くちゅ、くちゅ、と濡れた音が頭の中に響いた。もっと深く口づけたくて守博の首筋に腕をまわすと、腰を強く引き寄せられる。

デニムの上からでも、守博の劣情《れつじょう》が猛《たけ》っているのがわかった。じん、と体の奥が熱く痺れる。

これがほしい。僕の体を奥まで貫《つらぬ》いてほしい。こんなに強い欲を感じたのは初めてだ。

「ヒロく、ん、ぅん、ベッド……、べ、んう」

ベッドへ行こうという誘いの言葉を、守博の唇に奪われる。

濃厚な口づけの合間に、守博が囁いた。

「ベッド、行きま」

しょう、という言葉を、今度は淳文が奪った。


「は、あ、ぁん、も、やぁ」

唇からひっきりなしに、あられもない嬌声《きょうせい》が漏れ出る。

守博とのセックスはもちろん、今まで経験したセックスでも声を我慢したことはない。感じていることを相手にわからせるのも、セックスのひとつの楽しみだと思っていたから、恥ずかしいと思ったことはなかった。しかし今は激しい羞恥《しゅうち》を感じる。

めちゃめちゃヒロ君をほしがってる声や。

体も同じだ。守博がほしくてほしくて、ぐずぐずに蕩《とろ》けている。感じるところを擦《こす》られる度《たび》に背が反《そ》り返り、そそり立つ性器から欲の蜜《みつ》が滴《したた》り落ちる。今日はまだ触られていない乳首が疼《うず》いて、自《みずか》ら弄《いじ》ってしまう。

「かわいい、淳文さん。かわいいです。エロすぎ」

守博が熱に浮かされたように囁く。フリートークの時間に浮かべていた情けない表情はどこにもない。情欲が滲んだ獰猛な表情と、ギラギラと光る漆黒《しっこく》の瞳が、精悍《せいかん》な面《おも》立《だ》ちを常より猛々《たけだけ》しく見せている。

執拗《しつよう》に感じるところを愛撫されるだけでなく、その野蛮《やばん》な視線に晒《さら》され、ぞくぞくと背中が甘く痺れた。

こんなヒロ君、初めてや。

大きく開かされた脚の間には、守博が陣取《じんど》っている。彼の長く骨太な指は、先ほどから休まず淳文の中をかき乱していた。複数の指は一本一本が別々の生き物であるかのように、自在に蠢《うごめ》く。たっぷりと注がれたローションは内部の熱に温められ、ぐちゅぐちゅと粘《ねば》り気《け》を帯びた音を発していた。

口づけながら寝室へどうにか移動した。そして自ら衣服を脱ぎ捨て、もつれ合うようにベッドに倒れ込んだ。露《あら》わになった守博の劣情は、既に大きく育っていた。どんな高級な果実よりも魅惑的なそれを、淳文は我慢できずに頬張った。

すぐに極まった守博が出したものを恍惚《こうこつ》と飲み下している間に、守博に組み敷かれた。容赦《ようしゃ》なく脚を開かれ、今度は守博に口で愛撫された。あぁ、あかん、いく、と悲鳴に似た声をあげ、守博と同じくらい早く達してしまった。もしかしたら、守博より早かったかもしれない。今までにも口淫《こういん》をされたことは何度もあるが、一瞬、意識が飛ぶほど感じたのは初めてだった。

ぐったり力を抜いている間に、守博は脇にあるチェストからローションを取り出した。そして躊躇《ちゅうちょ》することなく淳文の体内にたっぷりと注ぎ、間を置かずに指を潜《もぐ》り込ませた。久しぶりに異物を受け入れるそこは、拒絶するどころか、淫《みだ》らにうねって恋人の武骨な指を受け入れた。

「も、いれ、いれて……」

いけそうでいけない際どい愛撫をくり返され、腰をくねらせてねだる。その動きに合わせ、反《そ》り返った桃色の性器が卑猥《ひわい》に揺れた。

またしても蜜をこぼす様を、守博が食らいつくように見つめているのがわかる。強い視線を受けて、ますます感じてしまう。

「やぁ、いや、いれて……」

「入れてますよ」

「ちが……、ヒロく、ヒロ君の、いれて」

硬く尖《とが》った乳首を自ら揉《も》みしだきつつ、はしたなく腰を揺する。

すると、中に入ってから随分と時間の経《た》った指に、感じる場所を強く押された。

「ああ……！」

悲鳴にも似た嬌声をあげ、淳文は絶頂を迎えた。迸《ほとばし》った淫水《いんすい》が己の腹や胸に飛び散る感触にすら感じて、ひくひくと全身が震える。

しかし欲望は一向に衰《おとろ》えなかった。既に二度達したというのに、性器は硬いままだ。性欲は弱くないと思うが、ここまで持続するのは珍しい。

「ん、ぅん、は、あ、あ」

荒い息を吐きながら、淳文は身悶《みもだ》えた。震える左手で乳首を弄《いじ》くり、右手で自らの性器を擦る。理性はほとんど飛んでいた。頭の中は霞《かすみ》がかかったようになっている。

しかし、たったひとつの欲望だけははっきりしていた。

守博がほしい。守博のもので、滅茶苦茶に突いてほしい。

「中、こすって……、ヒロ君ので、奥まで、ついて……！」

内壁《ないへき》が狂おしく収縮し、守博の指を艶《なま》めかしく締めつける。

刹那《せつな》、全ての指が一息に引き抜かれた。それすらも衝撃で、掠れた嬌声をあげてしまう。指はもうそこにないというのに、内部は守博を求めて激しくうねった。くぷ、くちゅ、という微かだが卑猥な音が、淫らに蕩かされた場所から漏れる。押し出されたローションが尻の谷間をつたった。

全身を焦がすような情欲と、燃えるような羞恥、そしてどうしようもなく期待に高まってい

る体を持て余し、淳文は喘《あえ》ぎながらシーツを足指の先でかきまわした。

「早《は》よ、ほしい、いれて」

浮かせた腰を自ら突き出したのは、ほとんど無意識だ。

するとしっかり腰をつかまれた。守博を待ちかねて蠢いている場所に、ひたと熱があてがわれる。あ、と歓喜の声をあげた次の瞬間、一息に奥深くまで貫《つらぬ》かれた。

「あぁ……！」

あまりに強い衝撃と快感に、淳文はのけ反った。

きつく閉じた瞼《まぶた》の裏に星が散る。

「淳文さん、動きます……！」

切羽《せっぱ》つまった声で告げた守博は、激しく動き出した。容赦なく揺さぶられ、性器も弾《はじ》けるように揺れる。

大きくて硬い熱が、蕩けて解《ほぐ》れた内部を幾度も擦った。肌と肌がぶつかる音が寝室に響く。感じるところも、そうでないところも——否《いな》、感じないところなどもはやない——、全てを余すことなく突かれ、我を忘れて乱れる。

「あっ、あは、あ、い、ぁん」

強烈な快感を連続で与えられ、よがる声が止まらない。喉が反り、顎《あご》が上がる。唇の端から唾液《だえき》があふれる。

中から湧き上がる快感に促《うなが》され、揺れる性器がたらたらと蜜をこぼした。

気持ちいい、気持ちいい。こんなん知らん。

あまりに感じすぎて辛くて、淳文は揺さぶられながらすすり泣いた。

「も、あか、だめ、だめ……！」

感じる場所を力まかせに突かれてのけ反る。刹那、中で守博が達した。

守博が耐えかねたようにくぐもったうめき声を漏らす。

痺れるような快感が内部から腰に広がった。それは性器にもみるみるうちに浸透《しんとう》し、やがて全身に波及《はきゅう》する。

「あ、ぁ、は……」

今まで一度も経験したことのない内にこもる濃密な快感に侵《おか》され、淳文は小刻みに震えた。

その拍子にずるりと守博の劣情が抜けてしまって、あぁ、とまた声をあげる。

恋人の熱を失った場所が艶めかしくうねった。まだ、もっと、足りない、と切なく訴える。

守博にねだろうとうっすら目を開けてすぐ、己の劣情が達していないことに気付いた。

中だけでいったん、初めてや……。

気持ちのいいセックスは数えきれないほどしてきたが、出さずに達したことはない。

「大丈夫ですか……？」

まだ震えている淳文が心配になったらしく、守博が尋ねてくる。

視線を上げると、汗を滲ませた精悍な面立ちが見下ろしてきた。その瞳には、まだ燃え盛っている情欲の炎だけでなく、あふれんばかりの愛しさと慈《いつく》しみが滲んでいる。

胸が強く痛んだ。守博が愛しくて、愛《いと》しすぎて痛い。

僕はヒロ君が好きや。愛してる。

「平気……」

甘く掠れた声で応じた淳文は、守博に向かっておもむろに両手を差し出した。

「な、キスして……」

予想外のおねだりだったのか、守博は驚いたように目を見開いた後、さも嬉しげに笑った。

体を前に倒し、望んだ通りにキスをしてくれる。互いに唇を開いていたので、口づけはあっという間に深くなった。口内を思う様愛撫され、陶然《とうぜん》となる。

口ん中も、熱うて溶けそう。

「淳文さん……、もう一回、いいですか……？」

わずかに唇が離れた瞬間、今度は守博がねだる。

体の奥で熾火《おきび》のようにくすぶっていた情欲の炎が、瞬《また》く間に全身に燃え広がった。

ん、と迷うことなく頷く。

「して……。もっとして……」

欲望のままに腰を揺らすと、守博は息を呑んだ。

やや乱暴な仕種で脚を割り広げられる。ただ触られただけで感じてしまって、嬌声をあげると同時に、両膝を強い力で持ち上げられた。

刹那、とろとろに蕩けた場所に熱の塊が突き入れられる。

「ぁあ……！」

目のくらむような快感に侵され、淳文は身悶えた。

欲が尽きるまで、何度でも抱いてもらえる予感がした。

優しく髪を梳《す》かれ、うとうとしていた淳文は現《うつつ》に引き戻された。

薄く目を開けると、心配そうに眉を寄せた守博が覗き込んでくる。

「大丈夫ですか？」

ん、と頷いて腫《は》れぼったくなった目許《めもと》を擦る。全身が怠《だる》くて熱い。特に腰が重い。体の奥にはまだ守博の猛った性器の感触が、ありありと残っている。

達しても達しても足りなくて、ベッドだけでなく、体を清めるために入ったバスルームでもつながった。結局、何度したのか覚えていない。

全部、めちゃめちゃよかった……。

もともと体の相性はよかったが、あんなに我を忘れてセックスに溺《おぼ》れたのは初めてだ。

「喉渇《のどかわ》いてませんか？　水飲みますか？」

Tシャツにスウェットという部屋着の守博に優しく問われて、ん、とまた頷く。

ゆっくり体を起こそうとすると、守博はすかさず手伝ってくれた。まるで壊れ物を触るような、丁寧な手つきだ。じん、と胸が熱くなる。

どうぞ、と差し出されたグラスを受け取った淳文は、ゆっくり水を飲んだ。冷たい水に喉を潤《うるお》され、ほっと息をつく。

「今何時？」

「朝の七時です」

言われてみれば、カーテンの隙間から朝日が差し込んでいる。脱ぎ散らかした衣服と汚れたシーツは守博が洗濯してくれたので、この部屋にはない。

「ヒロ君、今日仕事は？　のんびりしててええの？」

「今日は夜席《よるせき》だけですから大丈夫です。淳文さんは？」

「僕も今日は夕方からお座敷や」

「無理させてしまいましたけど、大丈夫ですか？」

慈しみと愛しさが滲んだ眼差しがくすぐったい。

なんか、いつもよりええ男に見えるんは気のせいやろか。

「ん、平気や。昨日の二人会、おもしろかったわ」

「え、ほんまですか？」

守博はパッと顔を輝かせる。こういうところは、やはりかわいい。

「女の幽霊の色気はなかったし、早口で聞き取りにくいとこもあった。けど、間はよかった思うし、サゲはおもしろかった。唄《うた》もよかった。川遊びの風景が目に浮かんだわ」

「あ、ありがとうございます！」

「ただ、トークはやっぱりぐだぐだやったけどな」

素っ気なく言ってやると、守博は言葉につまった。しおしおと肩を落とす。

淳文がよく知っている守博の姿に、思わず笑ってしまう。守博も苦笑した。

「矢羽根さんに助けられました……。めっちゃ迷惑かけてしもたから、あきれられて嫌われるか思たんですけど、トークも含めておもしろかったから、またぜひ二人会をやろうて言うてくれはって……。矢羽根さんのマネージャーさんと瀬島《せしま》芸能のマネージャーさんが、早速スケジュールを調整してくれてはります」

「へえ、よかったやんか。がんばり」

トークをおもしろいと言われたのが不可解だったのだろう、はい、と守博は複雑な顔で頭をかく。ちゃんと打ち上げに出て、打ち合わせもこなしてから帰ってきたようだ。

内心でほっとしつつ、淳文は気になることを尋ねてみた。

「そんでストーカーは、もう付きまといはやめたんか？」

守博も真顔になる。

「今んとこは大丈夫です。ただ、アパートを知られてしもてるから、念のために引っ越した方がええて言われてます」

「ああ、そらそうや。あのアパートではセキュリティもへったくれもないしな」

「はい。せやから、とりあえず新しい部屋が決まるまで、涼風《りょうふう》師匠のお宅に居候《いそうろう》さしてもらうつもりです」

「え、なんで涼風師匠のうちに居候するんや。ていうか、なんで新しい部屋なんか探すん？ここに引っ越して来たらええやん」

ムッとした口調になってしまったのは、守博の選択肢に入れてもらえなかったせいだ。

普通、恋人に一番に頼らへんか？

僕はヒロ君と一緒に暮らしてもええし。

ていうか、暮らしたい。

守博は数回瞬きをした後、激しい感情を懸命に押さえつけているような、奇妙な顔をした。

「ええんですか？　俺が引っ越してきたら、一緒に暮らすことになってしまいますけど……」

「なに当たり前のこと言うてんのや。一緒に暮らすんが嫌やったら、引っ越してこいなんて言うわけないやろ。ただ、君は大阪まで通わんとあかんから、不便かもしれんけど」

「そんなん全然、不便やないです！　涼風師匠かて、京都から通《かよ》てはるし！　あの、ほんまに引っ越してきてもええんですか……？」

まだ気弱に尋ねてくる守博の鼻を、ぎゅっとつまんでやる。

「引っ越しといで。待ってるから」

「は、はい！　よろしくお願いします！」

全開の笑顔で返事をした守博は、淳文の体を気遣ってだろう、柔らかく抱きしめてきた。

「大好きです、淳文さん」

甘く熱っぽく、震える声で囁かれ、かつてない幸せに浸《ひた》る。

「僕も、好き。ヒロ君が好き」

AFTERWORD

あとがき

―久我有加―

本書はわたくし久我の、芸人シリーズ落語家篇です。

が、シリーズを読んでいなくてもわかる独立した内容ですので、未読の方もご安心ください。本作で落語家なのは攻の守博《もりひろ》だけです。受の弥助《やすけ》は太鼓持《たいこも》ち、いわゆる幇間《ほうかん》です。作中で弥助は関西最後の太鼓持ちという設定になっていますが、私が調べた限りでは、実際の関西の花《か》街《がい》にはもう一人もおられないようです。

ちなみに本作に出てくる落語の演目は、全て実在します。私のお気に入りは『蛇含草《じゃがんそう》』と『皿屋敷』です。「怖い」と「おもしろい」が入りまじっている噺《はなし》に惹かれます。

イケメンの人気者として登場する先輩落語家、栗梅亭真遊《くりうめていしんゆう》について詳しく知りたいと思われた方は、拙著『酸《す》いも甘いも恋のうち』を読んでやってください。彼の恋模様が見られます。

本作を書かせていただいて、自分は年下攻が好きなんだなあとしみじみ実感しました。モエにもマイブームがあるのですが、年下攻はブームに関係なく、デビューさせていただく前から大好きです。

そしてヘタレ攻も好き……（しみじみ）。特に守博のように不器用で鈍《どん》くさくて、けれど一生懸命で誠実な攻が好きです。

そんな年下ヘタレ攻に組み合わせるのは、攻を翻弄《ほんろう》する色っぽい年上受しかないでしょう！

というわけで、お相手はちょっと意地悪な美人受になりました。

同じモエの方にも、モエが異なる方にも、楽しんでいただけるよう祈っています。


最後になりましたが、本書に携《たずさ》わってくださった全ての皆様に感謝申し上げます。

編集部の皆様、ありがとうございました。特に担当様には本当にお世話になりました。

素敵なイラストを描いてくださった、北沢《きたざわ》きょう先生。お忙しい中、挿絵を引き受けてくださり、ありがとうございました。守博を凜々《りり》しくかっこよく、弥助こと淳文《あつふみ》を美しく色っぽく描いていただけて、とても嬉しかったです。

支えてくれた家族。いつもありがとう。

この本を手にとってくださった皆様。貴重なお時間を割《さ》いて読んでくださり、ありがとうございました。もしよろしければ、ひとことだけでもご感想をちょうだいできると嬉しいです。


それでは皆様、お元気で。

二〇一九年八月　久我有加

この本を読んでのご意見、ご感想などをお寄せください。
久我有加先生・北沢きょう先生へのはげましのおたよりもお待ちしております。

〒113-0024　東京都文京区西片2-19-18　新書館
[編集部へのご意見・ご感想] ディアプラス編集部「七日七夜の恋心」係
[先生方へのおたより] ディアプラス編集部気付　○○先生

-初出-
七日七夜の恋心：小説ディアプラス2018年アキ号（Vol.71）
八日目の恋心：書き下ろし

[なのかななよのこいごころ]

七日七夜の恋心

著者：**久我有加** くが・ありか

初版発行：2019年9月25日

発行所：株式会社 新書館
[編集] 〒113-0024
東京都文京区西片2-19-18　電話（03）3811-2631
[営業] 〒174-0043
東京都板橋区坂下1-22-14　電話（03）5970-3840
[URL] https://www.shinshokan.co.jp/

印刷・製本：株式会社光邦

ISBN978-4-403-52490-5 ©Arika KUGA 2019 Printed in Japan